月亮 今天亮了吗

李世成——著

山东文艺出版社

图书在版编目（CIP）数据

月亮今天亮了吗/李世成著.—济南：山东文艺出版社，2023.1

ISBN 978-7-5329-6567-0

Ⅰ.①月… Ⅱ.①李… Ⅲ.①短篇小说—小说集—中国—当代 Ⅳ.①I247.7

中国版本图书馆 CIP 数据核字（2022）第 012155 号

月亮今天亮了吗
YUELIANG JINTIAN LIANG LE MA

李世成　著

主管单位	山东出版传媒股份有限公司
出版发行	山东文艺出版社
社　　址	山东省济南市英雄山路 189 号
邮　　编	250002
网　　址	www.sdwypress.com

读者服务	0531-82098776（总编室）
	0531-82098775（市场营销部）
电子邮箱	sdwy@sdpress.com.cn

印　　刷	肥城新华印刷有限公司
开　　本	890 毫米×1240 毫米　1/32
印　　张	7.25
字　　数	140 千
版　　次	2023 年 1 月第 1 版
印　　次	2023 年 1 月第 1 次印刷
书　　号	ISBN 978-7-5329-6567-0
定　　价	49.00 元

版权专有，侵权必究。如有图书质量问题，请与出版社联系调换。

目 录

厓	1
碧痕	18
月亮今天亮了吗	33
红拂	56
庇隆湾	90
白天不熬夜	107
怀抱斑马的男人	126
轻烟	143
移动面包	164
智齿	182
河流是一直向前的	205

垕

那一刻我忘记我有女朋友了。起床时我隐约觉得忘了和谁说一句很重要的话——她是位姑娘，我需要跟她说今天我起床前就想起她了之类的话——我依旧是一个人时的样子。

我将鱼插在左胸处的口袋上，这个早晨同以往一样，我让鱼头稳稳地朝上露出来，口袋里露出半截鱼头是我们释放信息和隐身所需。说到底也只是装饰的一种，相当于胸花一类的东西。

昨天，我和垕去池塘挖鱼。我们想象中金灿灿的鱼或银闪闪的鱼以及别的什么颜色的鱼会被埋在池塘里等我们。垕问，你确定今天鱼会出现吗？我知道她说的不是别人知晓的鱼，而是每个凌晨某个池塘里唯一的一条鱼，那是所有鱼骨沉到池塘底部交融而成的一条被人们遗忘的鱼。我们约定，只要将鱼插进胸口的口袋，我们就不会忘记彼此。

我们还没有相遇的时日，已将这座城市的公园走遍了。

大一些的公园，它们的面貌依旧没变，长椅，不伦不类的雕塑，一般的公园都会出现的东西，它们都有。我们逛第一个公园，和逛第二个第三个第四个没有任何区别。或许每个公园都是独特的，但在两个闲逛的青年来看，它们都是同一个公园，无非是今天的公园心情好，明天它心情不好，趁人们熟睡的夜晚它们悄悄移动，将自身摆放在它们熟知的角落。公园A在东边，公园B在西面，公园C很少有人知道，来过的人都会告诉他们的朋友，某一个在南面还是北面。很多时候，公园之间也会以倦怠的神情在晚间相互串门，商量换个脸容，借用彼此名字，商量明天换一换位置，它们戴着对方的帽子，出现在商定的角落，有模有样地站一站，一站便是一天。什么都没有变，人们的生活，工作日，休息日，午间，傍晚，需要公园的时刻，没有谁发现公园是否移动过位置。

  厔对我胸前黑色的鱼脸极有意见，她说，你居然比我先找到黑色鱼，你什么时候背着我挖出这么个黑脸鱼？我笑了笑牵着她的手，没有作答。我尽可能想法逗她，我将她的手不断向后甩，这样的举动是我所不适的，但为了逗她我找不到其他方法。她开心起来便会抓着我的手掌，继而大弧度地向后甩动，每次如此我都觉得手臂很不舒适，这一切提醒我四肢开始僵化了，再不动一动，我将变成某座公园的石像，到那时，人们经过我身边都会投来厌弃的神情，我椎愚的躯体没有他们想要看的线条，他们快速地转过脸去，企图走几步在另一个小角落便会看到令他们满意的雕像。

你和我出来你女朋友知道吗?

不知道,她正在书桌前琢磨摄影。我说。

你怎么知道?

她刚才发过她自拍的图片给我。

好看吗?

很好看,但我对那件吊带不满。

什么吊带?

我没见过那件吊带,她说她穿给我看过。我问她什么时候的事,她说那次我去她那儿,她从衣橱里拿出来穿给我看过。她说我还研究了那件白色小吊带的构造,胸口位置的饰布是丝质的,内衬是肉色的薄海绵。她为了让我记起来,还说前一晚我不懂得怎么给她挂吊带,她还说我笨,不管我怎么解释以前没给女孩挂过吊带,她就是觉得我笨,说将肩带挂在衣架上就可以,我居然任肩带藏在围布里。我说我以为那是一件抹胸。

笨死了。屋笑了起来。

我放下牵屋的手。我讨厌女孩说我笨,我不想再牵她了。

走到 ABCDE 公园其中一个,随便它叫什么吧,我们找到一张彼此都满意的长椅。我的腰早就断了,我说,要不是知道有一个长椅在等我们,我肯定放弃了。屋却意犹未尽,她确实在逛街这一块可以碾压我的自信心,我甚至嫉妒屋的双脚,或者鞋子,同时也不免偷偷去想她的鞋是不是比我的鞋多附带几个功能。

你还记不记得⋯⋯我们的狗。屋盯着远处一只蹲在墙角的流浪狗对我说。

我们的狗？我反问一句，没等她回答我便知她说的是怎么回事了。

那实际上算不得是我们的狗。我们第一次见面的那个凌晨，也是在那个凌晨我们决定，以后要是有约，我们在胸口处插上鱼脸，我们就会收到需要会面的信息。鱼尾会在我们的兜里振动。这真是一个侥幸的秘密，我以为我会是那唯一知晓鱼脸秘密的人。当公园相互串门前，它们移动自身的时候，留下的空缺，便是公园废弃的模样。人工湖变成了未开发的池塘，在公园碰头前的时段，池塘里的水会消失殆尽，这时我以为只有我闯进来过，只有我在干涸的池塘底部捡到过鱼脸。我亲眼见到那是许多副干枯的鱼骨架汇集而成的鱼形树脂，或者是玛瑙。我比较倾向于这尾被时间遗弃的鱼是树脂或者玛瑙，或者什么也不是。它仍旧被我称作鱼，但已经不是除了我以外的别人口中的鱼了。

那个凌晨我就要获得我的第四条鱼，在我无比欣喜的时刻，一个姑娘快步冲进池塘，捡起那条鱼，她高兴地对我说，是银色的。我很意外，我以为这个城市，只有我知道公园的秘密，和池塘里的秘密。目前为止我没有见到过颜色重复的一条鱼。我猜它是金色，女孩说，我已经有很多条金色的鱼了，我没有见过除金色以外的鱼。她继续说，我守在公园很多年了，你是第一个知道公园秘密的男生。我们没有相互问对方的其他信息，公园有公园的秘密，那么我们呢，我们也不愿被他人知道自己的秘密，我们来自何处，这儿此刻是 ABCD 中的哪一个公园，我们不想去辨别。我有过一条银色的鱼了，因此她抢先拿走银色鱼，我不觉得有什么损失，反倒是让我很开心，我守在这座城这么多年，终于让我等到另一个知晓公园秘密的人，而且，她是一个女孩。我们能感觉到，我们的友谊会比任何一种交情来得牢固。

她说她叫厘，我点头。我没有告诉她我的名字，她也没问。我们见面时我几乎没有叫过她名字，我习惯有什么话直接说，你你你地说多好。厘问我总共有多少条鱼了，我说三条。她说那一定都是金色的。我笑了笑，没有回答。她说她在公园逛了这么多年，就金色鱼最常见了，这是今晚她得到的第一条银色鱼，说着她将鱼递给我。我说我有银色鱼的。难怪你不为所动，她继续说，就银色鱼最难遇到，有了银色鱼，还认识了一个朋友，运气不错。她指了指我左手腕，我看了看时间，凌晨四点。明天陪我去接狗吧。她说。

厘摇了摇我的手臂，告诉我那只狗有多漂亮，那将是她第一次为狗付出了一个早晨。她和卖狗的人说好了，约定八点钟在市郊碰面，在一个加油站旁边。她告诉我那条路的名字，但我没记住。我为她就要见到一条喜欢的狗感到高兴。如果没有鱼，我们确实需要一条漂亮且可爱的狗。她说除非遇到一个可以信任的同伴，我们不可能整天将鱼插在胸前的口袋里，那将是多么孤独的一个举动啊。太孤独了，厘说，人是孤独的，鱼不知道它自己是否孤独，公园呢，它是否知道人和鱼的孤独？不过这下好了，我们现在是朋友了，以后我们见面，只需要出门前将鱼插在胸口，我们将会按时到约

5

定的地方碰面。

记住了啊，加油站。垩说。

我们可以一同从市区出发的。我说。

那我们从亨特国际出发，就在宋朝咖啡门口见面吧。垩说。

好。我说。

找鱼的日子，我几乎只在白天睡觉。答应八点见面，我们都知道，我们的睡眠已经越来越稀薄了。

我们几乎是同一时刻向宋朝咖啡的门口走来。垩远远地对我笑。我在心里对她说了一声，鱼。她也在心里回应我，鱼。

我今天佩戴的是鹦哥绿的鱼。垩看见了，这是我和她不一样的地方，我遇到的鱼都没有重复过，虽然我目前只有三条鱼。她皱了皱眉头，说以后找鱼一定要带上她。她告诉我一个秘密，只要将鱼佩戴在胸口，我们就不会被其他人看见。这样我将不怕被熟人看见了。我说。熟人，哈哈哈。垩笑，仿佛她知道我在这个城市并没有几个熟人。

我尴尬地轻轻一笑。她说遗憾，咖啡馆没开门，不然可以带一杯上车。我问她我们要去的地方，她说了一个路口的名字，我还是没听清。她拿着我的手机，在我手机上输入了一个地名，我努力看了看那栏载有她刚输入目的地的区域，像是以往没信号的电视机屏，我的手机闪了几道灰白波浪。她将手机按息屏，说就等着车主联系我们吧。我说好。我打开乘车软件，已经有司机接单，车牌尾号是2783——这真像多年前我用过的一串手机尾号。之后很多年，我还会想起这个数字，但彼时，我一定是忘了这些数字，连同我遗忘它的更多时间——它或许是其他人的手机号，但我想不出那个人是谁。

你拼命去想起那串数字，一个你以为你过去无比熟悉的，但实际上早已遗忘的一串数字。而回忆数字的时刻恰恰是一段凌晨的回想，多么难熬呀，等到你筋疲力尽，你才发现，什么都没有想到。你甚至将这串数字的前面几个数添上，它仍然是你遗忘了的曾经熟悉的数字，你拨打过去，无人接听，除了知道号码归属地，没有别的收获。你在邮件里搜寻，还是没找到。你开始想，你在北方那所大学时，某个同学或者某个旧友用过的号码就是它。

你认识的人并不多，要想从每张面孔找到一些故事相当困难，何况是数字呢。但你还会去做，假设他们走在一些你走过的街道，或是他们言谈中去过的城市，他们在一些街巷因为什么而走得更快，或是因为突然想起一件事，更加心神不宁，从而步伐缓慢且飘忽……

在众多模糊的阴影里，数字会拐着弯来到你面前，它们站立的姿势，过于熟悉，像是你的一个老友，哈，它说，我就站在这儿，看看你什么时候认出我来。后来，你被一道闪电击中，这种抽打，不排除是记忆的嗔怪，你什么时候变得这么健忘了？一个属于你的号码，曾经，你携带它坐过多少辆车，它陪你担负多少次无辜的夜行。

你记起它来时，你刚从一辆车上下来，你把伞递给了一个强壮的保安。一把伞，保安手里多出了一把伞，今晚他需要给你保管这把伞。刚才载你的车已经从KTV门口呼啸离去。保安叹了一口气，他将你的伞叠好，整理得极为整齐，让原本你常常忽略的折叠伞恢复新购时的棱角。你看着保安将伞投进自动伞袋机，并贴上数字，此前他已将纸条的另一端撕下递给你，你看了看纸条上的数字，2783，你笑了起来。保安轻声说，有什么好笑的？说完他蹲在地上，看着远处被雨水打湿的一根烟头，那根烟头仅剩一点儿圆筒状的海绵，接续圆筒海绵的是被雨水击打以及泡散开的海绵，如果不是它躲在水泥花台的角落，这根烟头也会被大雨一路滚碾至消失。

KTV的门口只有你和保安两个男人。

看着落魄的保安，你已经没有心情穿过大厅以及里屋更深处，再说一个男人在包间里唱歌，这不也是相当落魄的事情吗？用你的落魄，陪伴保安的落魄，这样你们无形中便建立起一种新的强大的领域，属于两个男人无意识的默契的陪伴。保安陷入自言自语，我们为唇齿找到进食和亲吻以外的用途，我们选择了吵架……那瓶洗发水，它确实不应该放在地上。他自顾唠叨，你只需要听着就可以了。他说他今早上和他女朋友吵架了，他一大早就出门，实际上他用不着这么早出门，他的工作时间向来是晚上。

你说说，一瓶洗发水的事，为什么非得拿出来说事呢？那会儿我在看小说，一本侧重现实的小说，在小说里我看到无数个落魄的男人，他们是无数个我，我哪里是在看小说呢？我是在看我的人生，除了身后的女友，连同我的生活，以及我没有的一切。我需要投入到小说里，看看别人的，或说我的惨状，我才会清醒，原来我的生活这么糟糕。可以说我是在学习如何将生活过得更好。就在这时，女友说我忘记将洗发水放在浴室窗台了，我仍旧让洗发水站立在洗漱池的底端，我的无意识让我的行为变得令人讨厌无比，至少这是我女友的感受。跟你说了多少遍了呢？你就是不将洗发水放到窗台上，女友在我旁边开始念叨，我说我在看书，她甚至让我马上将洗发水放好了再回到桌前看书，这怎么可以呢？我可是在看书啊，我在学习，当然我没有告诉她我看书便是在学习，这对于我来说，是多年来的习惯，我怎么能丢下书本，装作什么事都没有发生过就去将洗发水瓶子拿起放到窗台呢？我办不到，我对女友说我知道了，她一说我就知道了，下回我一定会注意。女友说，你每次都这么说，没过多久你又忘记了，我必须让你清楚，长记性。她确实这么说的，就像我是个做错事的小学生，正站在她面前挨训，我就差低头认错主动背诵小学生行为守则了，第多少条，不准忘记从窗台将洗发水瓶拿下用过后放回原处。小学生行为准则一定有这一条，保安郑重其事地点头。

　　你捏着手中的纸条，它被你揉得快不成样子了。雨还在下，一群老头冒雨走在宽阔的马路上。自从那辆车离去后，你再没有看到一辆车。这样的夜晚只属于寂寞的男人的，保安说，你看看那些老头，无一不是年轻的时候没有将生活打理好的落魄鬼，我以后会是他们中的一个，一个被人踩死也认不出来的老男人，我的面颊被生活当作烟灰缸，我的面部，我在人群中摔倒，无论是左脸朝下还是右脸朝下，人们都可以精准地踩到我凹陷的脸颊，我的烟灰缸就是为他们准备的。

63772783……你痛苦地想起这串数字。保安还在说醉话，一定是一群疯子走出KTV顺手将酒罐塞给他，并嘱托他一定要喝完，喝不完对不起这良夜。你的租房……我的租房，我们暂时的房间，我永远的狗窝，我哪里会计较洗衣液洗发液沐浴露应该放在哪里？它们的位置不是一成不变的，这些日用品难道就不能被我忽略几回吗？63772783，你已经忽略保安了，这串数字，它离你又近了一些。你将手机邮箱打开，以前你还在学校的时候尝试过写小说，你忘记了在那所学校用过的手机号，你只能登录邮箱，看看多年前你给一些杂志社投稿时，在文档末尾留下的手机号。你凭着记忆，输入几个关键词，邮箱显示没有你搜寻的结果。你只能老老实实地逐页翻开，连续翻页后，屏幕上显示出你希望看到的年份，你打开其中一个邮件，邮件的正文是你谦卑的敬辞：某某老师好，这是我新写的小说，敬请审阅批评为谢。彼时，这样的话语你在邮件里说过无数次，当然也有回音的，更多的是石沉大海。你在文档末尾看到了那串你为之紧张过无数遍的数字，没错，它是你当时用的手机号。

你高兴得抱住了保安，他被你吓了一跳，他呼出的酒气让你立马放开了他。雇他的人如果知道他喝酒了会怎样？你沉默了片刻。你甚至打算让他牵线，介绍你在这个孤独的KTV门口当保安，这样你们可以轮流回家去喝酒。只要你们愿意，洗发水可以随意放，你甚至想对他说，让他搬来和你住，这样你们其中一人只要还在上班，你们中的一个只要还守在雨夜的门口，你们便会想到彼此，租房里的同伴睡得正香，或者他仍然陪你熬夜，迟迟不肯入睡。

她总以为，现在不会有人家用座机了，至少他们小区是没有的。但这天凌晨，她分明听到，楼内有房间的座机电话响了好几次。她靠在房间里唯一的靠椅上，她摸了摸胸前的鱼，银色鱼，幸好不是白色鱼呀，这条鱼能让她两个小时后出门不至于像是去参加丧礼。她答应朋友去接的那只柯基，她已经提前在心内报以好感了。朋友在县城比她好过多了，她还没有找工作的时日，几乎与社会脱节，或许这只即将到来的柯基就是她再次融入社会的契机呢。她一想到她将晚一两天送柯基给朋友，她便觉得很开心，她一定会这么做的，想想就想笑呀，在这座城，她多么想找来一个朋友并告诉他。她转瞬即感受到，她已经遇到那位朋友了，她清楚他们的相遇是什么样子，她将会像对待男友一样，将他珍视，但又与男友有所区别，她相信她的朋友不会让她失望。就像此刻她手中的鱼，她的秘密，以及鱼的秘密，她的眼帘放心地舒张。

这个凌晨多么吵呀，先是有老式电话机响个不停，现在，一个小孩又正在她的门外哭，小孩不停地喊，妈妈，我要手机。仿佛是她将他关在门外,这一切只是为了不让他玩游戏。小孩不睡觉,她的妈妈也该睡觉吧。屋内的她哪怕不睡觉,也不愿遭遇这索求式的哭闹。她从台灯下拿起手机,打开门,小孩不见了,门口多了两行蜿蜒的水迹。她暗笑,在心内笑自己博爱,她哭的时候,有谁听到她的哭声了吗?这栋楼里,她连一个邻居都未曾见过,她睡觉的时候,楼里的住户出去干活,她出门游动时,他们早已摔进睡梦。

他回去了会马上入睡吗?她开始想起他。他也不会比她好到哪儿去,她几乎看到他关门的样子了。他摸了摸胸前的鱼,他刚才出门时没有佩戴,他笑了笑,他的笑在空荡的屋子看起来相当迷人。他没有开灯,靠着门板有一会儿,他想起了一个女孩,她知道那个女孩是谁,只要她不说出,他便不会知道。

白天他送女友去高铁站,坐地铁回来的路上,他在地铁上发呆,地铁精准地将其他乘客送达目的地。他从高铁站坐到火车站,好在火车站离他的住处不远,他只需要出站走到地面,在火车站公交站牌等候,会有一辆双层公交在等他,这比他等候女友都要准时。只要公交车向人们示意,他们便会扭成一条麻绳向它攀去。但他想错了,这个时段人们都上班去了。他没有去上班,最近他对工作生疑,人们为什么一定要工作呢?

他刷卡乘车后径直朝二层走去。登上台阶,他将身体伫立在楼梯上,还没有抵达二层他就已经看到,公交车二层没有人,他想拍一拍这个难得的模样,公交车这个样子多迷人。他开始庆幸自己坐过站，独自拥有这么多空位。他不停地拍空位。不好意思。他听到一个女声。他也回了一句，不好意思。他知道他挡着她了，他往旁边的空位落座，女孩径直走到最前面，她缓慢地向前移动，宽阔的车头玻璃张开怀抱迎候她。它信心十足地张开双臂，它知道女孩正在走向它，即将坐在它面前。

他到邮电大楼站便下车了，她感受到兜里有跃动的波弧，接着她明白了，她看到鱼从他包里跃出，在地上艰难地拍打。他朝地上的鱼笑了笑，他知道，别人看不到鱼，地上的鱼实际上也不可以说是一条真正的鱼，他为此感到有些惋惜。兜里的信号在给她播放一段录音，那是刚才跃出的那条鱼发出的讯号，她闭上眼睛，感受到脑际有人正在猛拍桌子，那个男人的影子有些模糊，他大声说，我冰箱里的鸡蛋不可能都给你填碗缝……她笑了起来，不伦不类，他捡到的是一条疯鱼。第四页雪缓缓落下，你就可以……她的嘴角掩饰不住兴奋，太有趣了，这条疯鱼，它在念诗吗？她笑着睁开眼睛。他早已经不见了，但她清楚，她还会见到他，只要她想见他，便还能再见到。

缓慢的永远是最动人的，她清楚自己为何会登上那辆公交车了。

我们接到了狗。这个上午我们不知道柯基应该吃什么，路过一家饮品店，我们打算买一些热牛奶。店主说今天是他停业很久以来第一天营业，没有牛奶。那有没有其他奶制

13

品？我问。屋在一旁看着柯基，她正在想给柯基取什么名字好，这样它将是她的狗了。只要她叫过它名字，它理应是她的狗。

店主想了半天，告诉我们，实际上是有一些牛奶的，他打开冰箱的冷冻室，给我们取出一个塑料容器，里边全是冰。是最新鲜的奶水。老板说。你这儿一点都不像一个店，我说，至少不是一个饮品店。他说他没说过这儿是饮品店。店主提醒我看看隔壁的饮品店。是我们走错门了，他这里是卖牛肉粉的。我们跑牛肉粉店买奶制品，我们是在认真地搞笑。店主摸了摸柯基的脑袋，问它叫什么名字。屋还没有想到令她满意的名字。我说就叫柯基好了，多好听。店主笑了笑，他让我们赶紧将牛奶递给柯基。柯基闻都不闻，盯着冰牛奶流眼泪。它的左眼和右眼边缘的毛发颜色不一样，左眼是黑色的，像是有大小眼，可这不影响屋对它产生兴趣。我和屋和狗一起盯着眼前的冰牛奶，老板盯着柯基。老板说，如果不是这个黑眼圈，它会更值钱。我们白了店主一眼，将冰牛奶抱走，也不打算给店主钱。店主看着我们离去，他在身后说，记得给它取个好名字。

屋在手机软件搜索宠物美容店，我们当然应该给柯基好好洗个澡。兜兜转转，我们回到了亨特国际，那家宠物美容店就在亨特旁边的指月街。我们打电话给美容店店主请他开门，他说他还在外面，让我们等一会儿。我们得以和脏柯基多待了一会儿。

我们低着头嘲笑柯基，它太容易被路上的灰尘招惹了，从市郊加油站到文昌北路，一路上它替我们吸了不少灰尘。我们想多吹一下自然风，忽略今天天气预报的大风预警。下车后我拍了拍柯基的头，它看了我一眼，乖巧地挪动它的小短腿，向地面跳下。厔牵着小柯基，开心得不时发出巨大的笑声。

将柯基交给美容店后，我们去买狗粮和笼子。厔像是之前查询过，她轻车熟路地带我去万东桥花鸟市场看笼子，我们最终选择了一个蓝色的中号笼子。我们还有很多时间，厔陪我在万东桥下的古旧书摊转悠了些许时候，我一本都没有买，最后对厔说，我们去买狗粮。我一直搞不懂狗粮是什么做成的。我们买好东西后，厔的一个同学正好来找她，她向我介绍她同学，告诉我中午她可以将狗交给同学看管，我们先去看电影。

我们再次见到柯基，它已经变得相当美丽了。它是个好姑娘。厔说。我说是的，以后它一定会给你送来一窝又一窝小柯基，每只柯基都是同一只，可我们应该给这姑娘取个什么名字好呢？厔说不知道，她已经懒得再想这个问题。

前一天夜里，我们到底有没有说接完柯基去看个电影，我给忘了。后来我们遗忘了柯基，向电影院奔去，在电影院门口，厔牵起了我的手。

公园的长椅将我甩出去，它嫌弃我滞留公园的时间太久。厔捂住嘴笑个不停。看得出，厔太轻，或者长椅只是对我甩尾。我捡起掉在地上的黑面鱼，伸手去摘厔胸前的银色鱼，我将黑面鱼插进扈胸前的衬衫口袋。扈不怀好意地看着我说，承认吧，你蓄谋已久。

我撇了撇嘴，无所谓的样子，随她怎么说好了。我说，说不定我只是在做一个春梦，刚好我碰到的是你，不是其他女人。

迷雾从前方向我们游来，扈抱着我，将胸口紧紧地贴着我。扈问，什么是真实的？我说，只有两种梦最真实，一种是恐怖的梦，另一种是春梦。

扈将我推开。

她说，没有心就好了，每次向左侧躺睡都令我百般难受，我只好把心掏出来，这样的好处还在于，我可以放下更多的人和事。

可我们现在站着，像棵树那样没心没肺地长在池塘边。我说。

哪里有池塘，你看看身后，湖水何曾起过微澜？

我挨向扈一些，去抓她的手。

该死的，无知的，毛茸茸的友谊。

你断句的方式不对。扈说。

那要怎样说？我问。

该死的无知的毛茸茸的友谊。扈继续说，根本不需要停顿。

我们一起看向湖底，湖底有我所在的六楼。这时我看清了扈的住处，她也住在六楼，我们的租房拥有同样的小区同样的户型。我们站在六楼的窗口，看到无数个鼠标的指示箭头繁忙地闪亮和熄灭。

这一刻我忘记我有女朋友了。出门时我隐约觉得忘了和谁说一句很重要的话——她是位姑娘,我需要跟她说今天我出门前就想起她了之类的话。我依旧是一个人时的样子。

我甚至看到,那个我说是我女友的女孩,她穿着卡其色衬衫在金黄的稻田里等待一场丰收的肖像。她的左肩上站着一只巨型七星瓢虫,她开心地咧着嘴笑,右脸颊有一个梨涡。

屋捏着我的小手指。她说,你这指甲,留着舀饭吗?

不,我留着抠眼睫毛。

屋再次问我,你的拇指怎么这么短?她像是发现新大陆似的,大笑起来。

我说有这样的大拇指,写起字来好看。

是的,像碑文一样。屋说。

我从兜里拿出一根针,刺向食指指尖。我取出一滴血,用针头挑挑,戳戳,琢磨出一个小人,一只小狗。小人会说话,小狗会说话。

屋不见了。

我还在说,屋,你看,眼睫毛又掉进我眼里了。

她听到声音,从正前方走来,那条路伸向我,却永远无法到我面前来。我看向远处的她,膝盖以下的步履我看得非常清晰。但我已经先流泪了。我不知道屋是谁。她就那样向我走来。

碧痕

　　这是一节只有两个男人的课,他们所处的空间是个只有两个男人的教室。他站在桌子一角旁不停地开口,不停地说。他手里拿着小型录音机,或者是教师专用的扩音器。机子显然关闭了电源。他的嘴唇在为空旷的教室效劳,为他讲述。他背对着黑板,面朝他,面朝教室的另一块黑板。他在翻阅一本厚重的书,乔伊斯或者普鲁斯特的书。他们没有任何商量,便开始了这项游戏。他不能和他说话,他只能自顾自演说。他也只能看书,只好看书。就看看他们能坚持到何时。他的站姿很是自信。他阅读的姿势也显得颇为闲适。

　　他偷偷瞄了他一眼,他不为所动。他在看一本他已经忽略书名的书,字行愈来愈清晰,纸张愈来愈明亮。声音退到书页散发的光圈外。他到底在念些什么,无人在意。他在读些什么,无人关心。他尽可能让脖子冒出青筋,两只手前臂甩动得更自如,至少,也要让手指弹伸及那几下虚空的抓握,更显生动。

他合上书本。在这间教室之外,他就不曾读过这本乔伊斯或者普鲁斯特的书。等他从这间灰黑色的教室走出,他必将忘记书页上的文字。

他明白这些。看了看桌上的他,他还在忘我地述说。他站起身,一把将他拽下来——头、脖、肩、臂、胸、腰、胯、腿、脚——折叠好,像是某只小手玩过的一只四角板,小手从书页上撕下一页纸,折成四角板。这只四角板,此刻正被他收放于外套左侧的口袋中。

桌子们,带着它们苗条的四条腿,坚毅地守着各自的地皮。每张桌子,都是一个美人。此刻,他站在美人的右肩,他用左手轻轻托了一下腰带上的挂式扩音器。美人无动于衷。它甚至转过头去,全然不顾肩上的男人,双目对着教室后面那块水泥制作的黑板。那些远去的工人们曾在由水泥和沙子框出的板块上涂黑漆。眼下,黑板抬着横放的脸孔,看着桌子美人。它们相视,不吐一字。长脸男,黑脸男,怎么叫它都好。它的额头纹,被稚嫩的四个字占领——学习园地。它怀念起那双奶香味的小手,小手剥过奶油味的瓜子,瓜子壳卷起奶油的味道成团瘫坐。不动如山,不动如小土堆。那双小手的配件,唇、舌、喉、齿,它们开口形容一堆瓜子壳。瓜子壳翻白眼。学习园地收藏了很多指纹,指纹带着汗味,在黑脸男脸上攀爬、涂抹。那些符号,权且看作声音的心情,那些嚷嚷的唇齿,哪个字写歪了,哪个字写大了，它们在刻意的表现中，将声音相互递送，最终达成共识。这些方块字，成了某个小组的荣耀，即使小手们回到家，也还在雀跃、欢呼。

那双手，它自觉作为手的表率，它有着另一双可爱的同伴。还是手，是更小的一个小女孩的双手。手们按时抓握筷子，按时给身躯赠予者汇报白天在学校经手的每一件事情。果真是一件件小事，它们会赢得大人们的赞赏。光，顺着另一双大手攀爬，顺着裸露在外的皮肤、可视的衣服攀爬，会看到大人的表情。它们安心，一副胜券在握的满足感，嘴角轻轻一动，那个女人知道晚餐该给孩子做什么了。那位晚归的男性大人，他更是不用理会日常的机轴如何转动。饭来张口，即是有女人的每个傍晚，这是称赞生活美满最恰当的词汇。作为一个男性，他幸运地拥有两个女儿，或许不止两个，也许是四个呢，此外还有一个未出生的已在他脑子里等待降临人间的男婴。小男孩，他如此肯定，他会随着一团雾气降落在家门口的柚子树下。

庭生柚木，亭亭如盖。他对自己的造句颇为满意。一天的劳作，无所谓辛劳与否。他与他的工友们，白天忘了机器，忘了自行车，忘了家里的门是否已经锁好。人们会忘掉哭声。那些可爱的女儿，也会忘了她们的第一声啼哭。只要愿意，会有一个女儿，记住他弟弟的哭声，哪怕她弟弟出生时，她没有在场。她会自认为自己相当懂事，是个小大人了，由于她是家里最大的女孩，她有权力在她母亲给她生出一个弟弟后，获准去那间被临时隔为产房的小卧室。她已经开始想象，她也是在这个房间里出生的，说不准，她还是从这间房开始抛弃婴儿椅，以及严肃的门框，是她丢掉了它们。可事实真是如此吗？那时候的她们，是否拥有过婴儿椅？

他作为五个孩子的父亲。全然忘了他的孩子们如何长大。他自知出身只会是过去，而现在，将来，任何时刻，他的孩子们都不会同他一样，他是他父亲随手在地里埋下一根白薯藤结出的果实。这颗果实有过沉闷，有过渴望，有过喜悦，有过属于自己的呼噜声。孩子们是如何长大的，他已经想不起来。他站在自家院子，看着那双手在椅子上绞着。他已经不能对二十多年前的那双小手发出权威性的话语，半个阻止的话声也不好丢落。他还是开口——我真不想让你出嫁。说出自己的遗憾，但更多的是欣慰。女儿长大了，女儿要嫁人了。他觉得自己老了。他在女儿的婚礼上让自己比以往任何时候看起来都忙碌，事实上也确实如此。这是个雨天。雨天的女儿的婚礼。他女儿的雨天的婚礼。

桌子美人摇曳生姿，他站在美人的肩膀上不停地絮叨。他在翻看一本半小时后他将遗忘的好书，此时他还没有去想那本书的书名。他会惊讶于在这空间里，读到这么好的书。除了看书，便只剩下一件事让他为之坚定，是呀，忽略这个男人，眼前的演说家。

演说家他有没有说这样的一件事呢？什么事情都可以忽略，什么人都可以遗忘。他必定不会如此将疤痕示人。他不会直接说出某句令人沉痛的话语，他宁愿让影像绕过美人之肩。杜撰黑脸男。黑脸男脸上的手。他忽略的，是一切流动的事物。同样，他企图摒弃自己成长的过程，将白薯从地里拔出，置放眼前，哈，这块头，多么喜感。多年后，他也将成为别人的父亲。

他奔赴的那场婚礼，在他若隐若现的絮叨中变得绵密起来。这和一盘月亮被乌云幕布盖住有关。他已经不能再去寻找当时的护栏，护栏上的双手，双眼，嘴唇，它们曾热烈地对着那盘月亮熬夜。那双小手的主人，她抓握的粉笔，此刻正在贴上"喜"字的那间房悄然涂抹。粉笔若隐若现。那双手等候新郎家看好的时辰。她的妹妹，忙碌了两天，在另一间房短暂休息。他，和她说了些话。我的哥哥，她说，我的愿望终于达成了，我的婚礼你真的能来。这当然是，很应该啊。他话语的停顿方式足够坚定，但不符合日常用语习惯。他帮她收拾另外几个房间，以便腾出地方让客人休息。在那个摆放两张双层床的卧室，堆满了玩具动物，熊、狗、猫、兔，以及别的他认不出的卡通动物。他想在众多胖的瘦的堆叠的动物里找出一头猪，没能找到。她拿走了一个眼熟的布包，那是一个少数民族风格装饰的简约背包，是曾经他送给她妹妹的。

那双更小一些的小小手啊，她也随着她的姐姐长大了。在她最为美好的年纪，他多次约她出来吃烧烤，吃辣子鸡，吃剔骨鸭。美好的时光随着那双温柔的小手，握着一支失踪的笔答上几张试卷，考回家乡。他们的交集随着那支中性笔的丢失而衰败。手啊,它和一双注定跟随时间奔跑的好脚密谋隐匿,她,或者他,均已失踪。

他在婚礼上再次见到她们。见到她。见到她们一家的十四只手。

她的父亲,以忙碌应对失落。我,真的,不想,让你,出嫁。早上这些词,他对女儿说。说完他即和桌凳方盘碗筷桌布饮料水桶帐篷扫帚手推车互换体温。他顺利地以沉默为媒介,他终于找到安慰自己的方式,出嫁的只是他一天的时间。只要他不停下来,他的体温触碰到物什的体温,它们会告诉他,放心好了,只是在他的一个忙碌的日子出嫁了。

他和他打招呼,叔叔。他和她们的母亲打招呼,阿姨。在一场大雨中,他加入他们亲戚和邻居的队伍中。偶尔帮着递点什么东西,筷子,桌布,饮料,盛满佳肴的碗。一只碗,下一只碗。

谁也没有料到今天会下雨。她傍晚时和他说,订婚那天,也是大雨,今天结婚也是。她的外婆对她说,下雨好。他在心内找到一个词,丰沛。但没有说出来。他们在二楼过道里聊天。二楼客厅坐着三两个人,一楼是结亲的队伍正在吃饭。他想起多年前,他们还在晴隆上学,临近高三毕业的一个周末,他们八九个人一块去南山。山上的杜鹃花,能站候几时?他们必将各自身躯扔向远方,或有留下复读的,但总有人最先离群。那天他躺在草地上,旁边是她,还有另一个女孩,她说在她眼里,他就是一个大哥哥。

对于结婚，他们都没有经验。先前新郎还直接把她带到楼下，正要往堂屋走去。她被长辈们喊住，还没到出亲时刻，新郎到来时，她不能离开闺房，至少是不能离开二楼。他将她送回楼上，新郎则去神龛前磕头，他的家人早已呈上部分需要放在方桌上的礼品。他将她送回闺房，此刻只有他俩了。她喊他坐着陪她说话。他站在离床边一些距离的位置。你是怕别人说闲话吗？她问。没有。他否认。说了几句，他到客厅坐着，给手机充电，她的大姐也上来了。

而白天，他到来的时候已经是下午了。他零星帮着递一点东西，给空桌铺上桌布。她交给他一个任务。让他去和她妹妹装炒米。他给每个纱制的喜糖袋里放两颗糖——那双小手——她妹妹则往袋里装炒米。糖大多是巧克力，或喜庆颜色包装的软糖。人们将会发现，这个日子的糖是最甜的。他们就那样站着，给今天的日子提供炒米和糖。仿佛给她装喜糖和炒米的只能是他和她妹妹。这是她交给他们的任务。几年前的一个傍晚，他们在一家特色鹅肉火锅店里吃饭，她对他说，以后你们要是在一起，我不反对。俨然以代家长的名义悄声说出。他和她——那双小手——他们没有接话。就像今天他回答她母亲的话那般，可能太熟悉了。她母亲以为他会和她其中一个女儿，走到一起。她向旁边的亲人介绍时，说他和她的孩子们一直是同学，最熟悉的朋友。如此当然说得通了。即便是个陌生人，在这样喜庆的一天里，他也会加入到他们中来。即使他是重度社恐。

接亲队伍到来前。她们的父亲和邻居，雨停后更为匆忙。女儿在布置好的闺房里坐着。她的妹妹们，已经在堵门的队伍里。此前，她的两个妹妹忙碌了几天后，去换了身衣服，简单洗了脸。藏在堵门队伍的她们，脸上显出欣喜和慌张交织的神情。她们没有多少经验。以前或曾参与过类似的堵门行动，但这次轮到在自家的楼道堵门，她们多少显现出一些慌张。姐姐出嫁，她们也将不远了。这是她们在庭院忙碌时，听得最多的话。雨真切地停了。楼道里摆了很多杯酒。酒和杯子起到了烘托喜庆气氛的作用，她们不会去想，接亲的人是否会一杯杯地将台阶上的酒喝完。一次性杯子盛着的啤酒，直铺到二楼廊道。

他和镇上的居民将院内一些桌子搬走，协作旁人铲走路边遗落的桌布和饮料罐。铲子太小，他给动铲的人撑口袋，桌布浸在泥水里散开或缩成团，混乱的桌布令他们的配合不太默契，桌布挂在白色的编织袋口，他伸出右手，抓住废弃的塑料桌布放进袋内。他们的想法是，赶在接亲队伍到来前，将门前的庭院和路面清扫一番。他们只剩等着迎亲队伍的来临，那边的人已经来电，说他们即将到路口。他没有过问他人便知迎亲队伍里会出现几个他多年不见的老同学。他看了看她家门前，还剩一堆瓜子皮及花生壳被人们忽略，他迅速找来铲子和扫帚，将它们扔到了近旁临时用砖头搭的炉灶里，一口大灶沉稳地遮在灰烬的肚腹上。

她的父亲，整夜在一楼忙着收拾。他不知道，一些东西是可以等送亲后再收拾。他只懂得用忙碌打发一个和女儿有关，和他血统有关的喜庆的日子。尽管今天下过大雨，夜晚的天空还是现出明亮的圆月。他没有工夫抬头。他时不时给客人递烟，或是低头穿梭于一楼的几个房间。出嫁的女儿将于凌晨两点发亲。他和他的妻子，整夜在一楼忙着陪客人，他们站起来，到另一间房忙碌，又到另一间。这个夜晚他们夫妇将会很晚很晚才去睡。他们没有打算陪同女儿到县城，是孩子们的舅舅和舅妈陪着去。他们数了数送亲队伍，把他也算在内，说人很多了，他们就不陪着去了。他们怕难过，女儿出嫁，高兴的是他们，难过的也是他们。这复杂的情绪，为人父母都拥有过吧。他们一转身，又钻进了房间。没有人发现，他们也有些慌张。

　　楼上这帮老同学，熟面孔，没有谁到楼下参与喝酒。他们要赶夜路，早已蓄起充足的精神赶路。他们的汽车也时刻候着，那充满厚意的铁具，将于既定的好时辰动身。他站在廊道上看月亮。他没有去休息，比起睡眠，她家上空的月亮更为吸引他。夜晚的云层，由厚变薄，从薄变厚。他的心绪由满到空，从空到满。他想些什么，他自己也忘了。她让他去烧开水泡茶，那个器械，他不会用。生活白痴，这是她妹妹多年前赠予他的词汇，他将这词汇运用到他们家客厅旁的一个里隔中，藏身在那等候水烧好。他看到了几年前，他送给她妹妹的一罐西湖龙井，茶罐还在。他没有去触碰，而是听她的招呼，用新郎提亲那天送来的茶叶。喜茶。他说。她笑。

　　他们出发时，他已在一楼的人群中站着。她喊他名字，他上楼，经过二楼客厅，去摆放嫁妆的那间屋子。她指着一个用红色布包着的物件，他以为是枕头，抱在手上方知里边是米袋。他抱着用红色布包着的米袋下楼梯。或许这就是枕套，枕芯已在新郎家备好，而她们家又不想让枕套空着。他将东西放在婚车后备厢。他和她弟弟坐上随行的一辆车，离开碧痕镇。夜晚的风从他们没全关上的车窗吹进来。她妹妹打来电话，问他是否上车，他说和她弟弟在一辆车上。

众人将她父母遗落身后。

第二天早上，她那内向的弟弟已经关好酒店的门离去。如果不是在她妹妹的婚礼上，如果他今后不去参加她妹妹的婚礼，他将不会再见到她弟弟了，哪怕知道他在哪个单位上班。他们没有互留联系方式。在新郎家，他和她弟弟拥有了消灭一碗米粉的共同时间。他们坐得近。从碧痕出门前，他们已经吃了一碗米饭，来新郎家，这边热忱地让他们各吃一碗粉，他们艰难地对付米粉，眼神的交流中，他知道，他们后续会多说上几句。凌晨四点左右，送亲和接亲的人被安排住在离新郎家不远的一个酒店，他和他弟弟住同一个标间。他知道她弟弟第二天要上班，先前他已请假几天回家帮忙过了，第二天他不在，他的两个姐姐也会陪刚出嫁的姐姐。她弟弟让他先去洗漱，他打算将洗澡的时间留在几个小时后的白天。

他醒来。她妹妹发来消息，说他们在新郎家。凌晨的酒店出现在白日当中。他迷路了，始终找不到新郎家。他走进了一个迷阵，迷阵里一栋栋楼的外立面一模一样，无论他怎么走，始终会绕回来，停在一所幼儿园院墙外。这所幼儿园处在圆形迷阵的中央。他停在圆形围墙外，让自己停成一条竖线，如果圆也在环动，院墙任何一点他都曾靠近过，任何一个点和他的距离都曾是一致的。他否定了自己的想法，他早就和圆形院墙无比亲近了，这个上午，除了他，有谁会如此绕着走一圈又一圈呢？墙内飘来孩子们的嬉闹声，还有几个女老师温柔的声音，它们充满耐心地和小孩的声音混成几个圈，圈的外边是他，他依靠听觉向他们靠近。那些小手们终将长大。而其中，必定会有一双手，即便长大了，也仍然像小孩的手。他多么希望一个小孩趁老师不注意，跑到围墙这边，他或许可以和他说几句话，问他附近有没有正在结婚的人家，就在某个院子里，他找不到通往摆酒席的人家的路。

他一厢情愿地认为，那个逃跑出来的孩子，是个小男孩，他只是不想和其他小朋友一起玩，作为孩子们中的一员，他突然觉得自己应该短暂逃离一会儿，哪怕最终会被老师喊回去，其他小朋友也终将找到他。他清楚，只要老师一声令下，让那群小孩去把逃离的小孩找回来，不用多久，他们所有人会看到离群的小孩，小孩正在和院墙外的陌生男人说话。他们在院内齐刷刷地将目光投向他，不用他解释，他们准会以为墙外的男子，是院内小孩的家长，他不是常来接小孩的那个男人，他是孩子的舅舅，或者亲叔叔。他们友好地在猜想中目送他离去。

他觉得自己忘了做一件什么事，比如，趁小孩的同班同学和老师没有发现他前,他们共同栽种一棵什么植物。他们商量,什么东西最好存活,这差点将他难住了。最后他告诉小孩,只有白薯最好存活。可惜,今天他们谁也无法找到一截白薯,哪怕是一根白薯藤。他只好安慰小孩,不必执着于现实中栽种的举动和事实。他告诉小孩,他们完全可以在心内,将一颗白薯种下去。那颗白薯,我们希望它是什么形状,它就是什么形状。

他从两栋楼之间的缝隙穿过。在耀眼的阳光中,他的眼皮有些灼热。他认真地做出比以往更持久的闭眼动作,他停下来,两根拇指抵住眉心,像还没学会做眼保健操的幼儿园小朋友,像还不会默哀的孩童。等他睁开眼,他已经走进一处搭着红色帐篷的空地上。酒席正在进行中,他没有看到她,没有看到新郎,没有看到她妹妹。

他穿过人群往前走,他心想,也许他们在楼上,没有下来。他站在一群中老年人的桌旁,他们腾出一个位置,说加一张凳子一起吃饭。他说还不饿,一个大叔立马到旁边拿了一张塑料椅。他只好坐下,和他们一起等上菜。此时,新郎的父亲前来给桌上的人发烟,他接了一支,接完发现自己是不抽烟的。但他往自己兜里摸去,却摸到了一只打火机。他看了看他旁边不抽烟的大叔,大叔笑着对他说,没事没事,你抽你的。他手里的烟支,比以往他随意点的烟燃得慢,那时候他只是看了一部令人难过的电影或者小说,他的沉静和难受,催促他去打开一个隐秘的抽屉,将烟盒拿出,从容地抽出一支烟。当然,他不会抽烟。

烟燃尽了,她们没有下来。新郎和新娘来他们那一桌打招呼,他发现,他并不认识新郎新娘。他和桌上的大叔们一同笑着对他们说,新婚快乐。新郎新娘笑着说,舅舅叔叔哥哥们吃好。他悲从中来。此刻她妹妹应该坐在他身边的,他们拥有一起午餐的时间。他打开手机,看她发来的消息。她说,醒了吗?我们在新郎家。他没有回复。

他甚至知道今天,他们在新郎家会帮着做些什么。男方家也准备了很多炒米,用纱质的喜袋装上。他和她,还有她妹妹,负责将炒米分发到每张桌上。每人两袋。而新娘和新郎,则在院子里和来客打招呼。新娘发消息让他去陪她的同事。他和她妹妹以及那帮老师乘电梯上楼,新娘的同事来了很多人,他们打算分成两拨乘电梯。他们即将进入电梯前,一个男子冲进来,把电梯里的男老师捞出去,说让女老师们先上去,里边的女老师问他们去哪,那个新到的男子说,带他们去他楼上的住处参观。这帮男人就这样将女老师们抛下。新娘的两个妹妹和他,陪着女老师们去新郎家稍坐一会儿。新娘太相信他了,以为他会好好陪她的同事们说话,天南地北,闲聊于他而言,应该不难。以前一块上学时,他可是时常以古怪的故事逗大家笑。一些日子将另一些日子打败,一个时段的某个人也被另一时段的自己打败。当他坐在那帮女老师面前,没话找话时有多尴尬他太清楚不过了,他强装没让他人看出。他拖来一只塑料凳,坐在她们面前,她们甚至拿他开玩笑,让他在其中几位没恋爱的女老师中相一个。他有些头晕,如同他幼年时期,因某件事而被长辈取笑那般难堪,那仅仅只是一颗纽扣没有扣在该扣的位置上,或者仅仅只是他因奔跑而裤脚有一边拖得足够长,另一边被他正经地挽好了。他的母亲为了让他来年长高也还有裤子穿,故意给他买长的。屋内热浪翻滚,新郎家住在十楼,按理说外面的日光不至于侵袭到屋内。但他分明有着快要中暑的感觉。他打开一罐饮料喝了起来,暂时闭嘴,没有同眼前的女老师说话。她们叽叽喳喳的,又像是一群小学生那般了。

他和她在一张桌子上吃饭,上一次他们一块吃饭,已是三年前,她考回家乡不久。更早以前,他曾立志带她将贵阳好吃的吃遍,如今这志向,他已然要带另一个姑娘完成。这顿饭后,他将回去找他的姑娘。眼下,和她一同吃饭,也不知会是多少年里的最后一餐。他没有什么理由,再喊她出来吃一顿饭了。她坐在她左边,右边是她妹妹,而她的姐姐,新娘和新郎正在远处和客人打招呼。他默默地吃饭,无比认真,这是一顿吃了便会遗忘的速餐,桌上的人,有好几个是他们以前的同学,他们偶尔说几句话,更多的时间就着篷下的喜气以沉默下饭,红色幕布透过的红光在他们的头顶上方悬着。他错觉他正在抽一支烟,故而他的这碗饭,进食得有些慢。她在旁边对他说,慢慢吃,菜不够她去添。他以为是自己吃饭的速度太慢了,旁边的她,也没有将碗放下。以后他一定会后悔他没有看她吃饭的样子,心想她应该不是想要陪他,而是忙饿了,这几天因为她们姐姐的婚礼,她和她妹妹该准备的,没有落下每一步,一个忠实于姐妹情谊的角色和劳力,从她们所得不多的休息时间即可看出。

他昨晚就告诉她了，下午约了朋友，他们要去大灯脚吃一碗凉粉。他离开赴宴的人群，遇到新郎新娘，遇到新娘的两个妹妹。他眼里的女孩，她说她送一下他，她正好可以将酒店房卡还给前台。他们走在一条极为短促且笔直的路上，不是他陷入的那个圆形迷阵。时间啊，将小孩们的玩闹声抛向他们所在的方向。他想问问她，是否听到了孩子们的欢闹声。他左边耳朵听到的是幼儿园才有的嗡嗡声，而右耳，是婚宴上人们动筷和挪动椅子等杂乱的响动。他看着她沉静的左脸，她的个子还是像中学时那般娇小，脸庞却早已是个可以抛弃记忆和时光的大人的脸庞了。他们经过那个单元楼尽头的拐角，车上坐着先前他们陪同的一个女老师，那位女士问她，你男朋友吗？她说，不是，我们是同学。

　　她坚定地向前面的酒店走去，他飘忽地看向她，眼前的侧脸，也将是一个可以将记忆和时光的眼目抛弃的侧脸。在他后来的日子里，偶尔想起这段路，他可能会想多加一句台词，你欠我一个拥抱。走到路口，她说，前面有一辆空车。他招了招手，快速向出租车走去。这次道别，他们没有相互挥手，没有其他致意。她娇小的身躯向酒店的方向遁去，她将会经过酒店前院，门廊，大厅，前台。她终于得以短暂地逃离了一场婚礼。

　　他手里拿着房卡。他坐在大厅沙发上，打开微信。她说，他们在新郎家。

　　前台女孩坐在柜台后发呆。他在女孩脸庞上看到一只蜗牛。

月亮今天亮了吗

The End

从我们忽略一个人的时刻起,他就已经死了。即便偶尔想起来,也不过是自欺欺人的回光返照。

1

在他眼里,墙体是透明的,女孩藏在墙体笼罩下的空间里,她并没有消失。深夜他总能听到哭声,他用拇指和食指捏灭烟头说,不要哭了,哭泣会令舌头变傻。

一招手就有鬼从楼顶跳下来,他的意思是,人言魅力太大。谁谁谁怎么不自己跳?不过他想自己试试,是不是叫谁的名字，就有谁从楼顶跳下来。赫拉巴尔，刚叫完，他听到前面有影子坠落的声音，是他自己。

并非每一次坠落，都会有疼痛和风撕裂的声音。那些消失的东西，可就从未有人加以过问。声音消失后去了哪里？思考这一问题的除了他还有谁？他不清楚，这个城市，只有他的墙壁是最后一个实体。人们均活在空气浇筑的城池里。

他顺利地从梦中醒来。卧室门敞开着，他听到来自卫生间隔板上老鼠奔跑的响动声，他知道，老鼠又胖了两斤。

他最后一次和她做爱。她吞着一只蛤蟆。他按住她的头，她的眼泪从眼角流下。为了证明他对她也有欢喜，他吻住刚才探向他腿间的唇，两条松鼠尾做成的舌头交织在一起，一些唾液分泌自蛇信子开出的花朵脊柱，钻探的信息绵延熨过隧道气孔，爱欲的头发比任何时候更像夜幕，灰色的星星比跳蚤含蓄，松鼠舌头摩擦出的火光正散布平原的边缘。

没有爱，只有欲。她说。声音来临时他又犯上了心绞痛，这比他凌晨三点不睡还要煎熬。这种可怖，他本应想到绞肉机，可他每次看到的仍是溺水的自己，以及多年前一只空瓶里的苍蝇，瓶盖已被拧紧。那种疼痛平复以后，他看到梯田里有个小孩，把散落在田坎上的枯草茎插入水田，在水面上搭桥铺路，他用细小树枝接来那种大只的黑蚂蚁，蚂蚁们在草茎不同的侧面慌乱奔窜，碰触水面又折回……

这个夜晚他多有艰难，懊丧感铺满天花板。她躺在床上温柔地对他说，我们不一定要做爱啊，一起躺着就很好了。真的，真的。她连说两句"真的"，第一句已是很小声，很轻细，第二句"真的"，以一种更轻柔更缓慢更细小的厮磨状摇晃进他耳朵，仿佛她的声音粘过酒，酒里加了几滴蜂蜜，而之前，准备用来酿造的谷物上，是源自北方某盛产玫瑰的著名小镇的玫瑰花冠。

睡不着吗？她问。

嗯。他说。

我们各编一个故事吧。

他笑。

她说他们的城市叫"骆"，她来自骆城，他们的城市只以骆驼代步，没有任何现代交通工具。在他们那里，没有什么比听闻骆驼的嘶鸣更令人安心……

骆驼最多的是我的家乡，我们的家乡叫"驼"，我们那儿的夏天，骆驼的皮毛在阳光的抚慰下开始变换色泽。你知道吗？我们的家乡每家门前都有一口井，关于井水和彩虹的故事你可能听过，上午九点钟，每天彩虹如约而至，前来井口饮水，它们弯下长颈鹿的脖子，燕子尾巴贴地飞行，但这种飞动是静止的，关于彩虹的尾巴是否已经飞过井口，只有眼尖的公鹅能看到。

我们家乡的公鹅会在上午九点一刻打鸣，彩虹欣喜喝完井水后，总会留下一件礼物。它们的礼物向来单一，但这个世上再没有哪个地方能生产出未曾重复的汤勺，那种设计感,我和你说你也想象不到,它们从怀里掏出汤勺后轻轻放在井边。公鹅停止打鸣,彩虹也饮水完毕,它的离去是为了次日的准时赴约。

我们家乡的彩虹除了饮水才会到地上来。它们都住在树上,你肯定想到了凤凰,可你见过凤凰窝吗?在我们那里,每一个十二岁的孩子和每一个六十岁的老人都能看见彩虹窝。只有十三岁的少年和六十一岁的老人才会去回忆彩虹怎么进窝。归巢前,它们将自己变成一丝轻烟,轻烟,知道吗?真正的瘦成闪电啊。

我们家乡的闪电……

你不说点什么吗?她抱着他问。
不编点什么吗?她问。

在这个不断移徙的时代,只有女人的乳房可称作男人的故乡。只有她们的怀抱,能使男人们安居乐业。他说。

我要说的是一个关于乳房的故事。

知道我为什么定居帘城吗?得从我师姐说起。

她又挪向了他这边一些,他都快要被挤下床了。有点冷,他说。他从她身上翻过,从另一边抱住她。他将左手拱在她后背,她觉得有些痒,但沉迷于这种在她看来无比甜蜜的滋味。他顺利地从她的后背绕过,握住了她的左乳。

那时候我大二,她大三,我们都一样,读的是专科。要怪只怪那天是青年的节日,五四嘛。我们的第一个拥抱我肯定忘了,包括第一次从后面搂她的胸。是她教我的。她问,知道男生为什么喜欢从后面搂女生吗?我说不知道。她拉我的右手绕过她后背环到她身子右侧,自然,我够到了。接着她把我右手甩开,说不能教坏我。

不能教坏我?之前的夜晚我可就是个坏人了。不过对于接吻,我们还没有勇气,我没有,她也没有。那时,她正陷入了一个迷茫期,男友与她不温不火,我的闯入并非突然,我们有将近一年的长聊了,偶尔我们相约在西操场夜跑。我喜欢躺在她身边,我们挨得那么近,我想她一定能听到我的心跳声。第一次触摸她的胸也是从欺骗和借口开始。像我多年前对初恋女友说的那样,说要感觉一下她的心跳……

感觉心跳?我真会找借口啊,再没有比这美丽的借口了,我有了再次恋爱的感觉。后来,我和她秘密约会了无数次,当然只是逛校园,和所有相拥散步的恋人一样,我们出现在西操场边,出没于东操场边,我们还潜伏在体育系的球场内,坐在音乐系门前的长椅上,梧桐树非常贴心地为我们遮挡住路灯的光线。

再没有比梧桐更贴心的树木了。我不止一次在心里说爱它,相信我。

我爱梧桐……

我爱梧桐……我在梧桐树下吻了她,是啊,那年5月4日的晚上,我凝神注视她的眼睛,一直盯着她,最后我万分专心地看着她的唇,我想那一刻,我所有温暖都在那一刻了。对,我轻轻地,很轻很轻地吻了她,一下,就一下。

就一下。她惊呆了。可能亲吻是在她的意料之外的。可能她认为，我们就不会有亲吻，我们的世界不可能有亲吻。

不可能有亲吻。我再次吻了她，这时依然很轻很轻，上唇，唇珠，上唇角，下唇，下唇角。她说我可恶，我当然可恶啊，为了惩罚我，她以一种迅猛的姿态让我的舌头败阵，我的舌头惊得忘了怎么动弹，对，它只是被动地，木讷地接受来自师姐的吻的惩罚……

你还是编一个好了。她说。

他不说话。

2

他躺在海面上，成一架平躺的火箭，悄然射向太空。

这只是他的一厢情愿，他仍躺在这张床上。她抱着他半梦半醒，或者和他一样，一直没有睡着。

他认为一切可以归因为久坐不动，他很久很久没锻炼了。太久太久了。又或者是心理上的问题。一个人连手指都不灵活，还能做什么呢？他思考过成因，后来得出的结论是缺乏运动，单身太久，唯一的运动即是敲键盘打打字，谁都知道，一个人的运动只剩下打字，他的手指将更容易僵化。而那些不锻炼的有女友的男生，事实上他们还是锻炼的，他们以幸福的名义做热身运动，即便熟睡时，手指都有可能还在保持轻微的动弹，只要他们的手还放在恋人胸上……

她远道而来，就能成为他侵犯她的理由吗？可他找不到理由，什么理由能让这个夜晚不应该有一场性爱。

"人造梦"，他突然想到这个词。在他的少年时期，第一次听母亲说过"人造蛋"，他一直想不通，怎么可以有不经母鸡接管的鸡蛋？同样，如果真有"人造蛋"，为什么不可以有"人造爱"呢？让昨夜的梦再次演练，是否也是"造梦"之一种，或者重塑一些毫无章法的影像，它们毫无逻辑可言，但一定流动自然。

大概是昨日下午与长辈通话，他被询问是否恋爱，中间提及"结婚"一词。那时他正面对桌前的一份外卖——原味烤肉拌饭、甜酒饵块粑，以及为凑单而点的米香鸡块，他又搬来不紧不慢的话语，表示不用考虑，他说他还需要做其他事情……实际上他很久未曾好好将一件事情做好。这次通话，是他与从小带过他的小姨谈话时间最长的一次，可能是他走神的原因，或者仅仅是他的小姨想珍惜某一分钟——一个表盘转动六十秒——在那一分钟，她的小姨觉得他会猛然醒悟。关于他的孝心，一直令人心疑。他突然想起下午前那场白日梦。梦里，他从一张长条椅上起身，送一位郭姓的大姐——从梦境的角色来看，即将饰演他未婚妻的女生与他一道，送那位郭姓大姐，因有她与郭大姐作分别前的寒暄，他有时间将思虑作用到自己身上，可以反悔吗？明日婚礼。

做梦的益处是，醒来谁都能得以生出"一个美梦"或者"幸好是梦"的回味与感慨。

还没睡着吗？他侧身过来握住她的手。

嗯。她说。她用头磨蹭了一下他的前胸。

我给你编故事吧。他说。

嗯。她说。她又蹭了一下他。

有时候，静啊，静到怀疑自己有口臭。他说。

什么？她问。

我也只是怀疑。毕竟，我二十年总共才说三千句话。这么多年，没有什么能让我有兴趣多开口。你知道二十年有多漫长吗？我也才四十六岁，本不该把二十年当回事。问题就出在这二十年里，我师姐……师姐的女儿已经十七了。

师姐的女儿十七岁。我能见到她源于我逃了那天早上一个同仁的新书分享会。我借口早早地离开了现场。今年我们学校打算给我和另一位校友各出一本书，学校邀请我们回来举办相关活动。我们学校已不再叫某某学院，而是某某师范大学。师姐的女儿则在本地更为有名的师范大学读大一。这天早上，我因为忙着出去买鞋，莽撞的我把她撞倒了。妈妈你等我一下，女孩对前面的一个身影说。前面的女人回头。我知道那是谁。我看了她很久，她先对我笑。我女儿就在隔壁上学，她指向另一所大学的方向。女孩想抚平书角，却怎么也都是卷的。我下午有个活动。我说。我知道。师姐说。

师姐说她知道。她不知道我打算去买一双网鞋，我觉得网鞋穿起来会轻盈许多。我不是没有鞋穿，只是我清楚，下午的活动我将与一些人相继留影,肯定会拍几张照片啊,鬼知道给我们拍照的是我们中间的哪一个。他拿起相机,一上来就给我照了张全身照,刚好拍到我的鞋——过后看照片,我会想起去年的一场活动,我也是穿这双鞋拍照。这不怪我,总会有那么些时候,仅仅是面临拍照,总会轮有那么一条裤子、一件衣服、一双鞋,照片中总要重复出现它。二十多年前,我的两次高三毕业合照都穿了同一双鞋,这让我事后想起来,总是觉得有些难为情。不过我的鞋永远刷得很新,这是我唯一的好习惯。我记得我的第二次高考,那应该叫高四才对。

　　我的第二次高考应该叫高四才对,如果没有高四,我就不可能遇见师姐,不可能相约去帘城旅行。二十一年前的10月1日,我们到了帘城。虽然师姐家离帘城不过四小时的车程,但要转悠出来,也相当费劲。师姐坚持自付旅费,我则用了一笔小说稿费作路费。我知道必须由她,否则她不会来帘城……

　　你还是忘不了她。她说。
　　没人会像我一样爱你,为什么这爱还不够呢?没有谁比我更爱你,但为什么我爱你还不够?她笑。
　　当时他不知道这是电影《偷心》里的台词。那一刻,她一定是自比深受情伤的艾丽丝,同时也对那句台词另翻译一番。

41

3

帘城到木猩大瀑布坐高铁只需要半小时。他多次和师姐说，虽然近，但他就是没有去过。他想着等一个可以一起看瀑布的女孩。

实际上，他真正到达木猩大瀑布时，已经是毕业三年后了。抵达木猩小镇的一小时前，他还惝恍在帘城高铁站，阳光有些刺眼，他看到她亲了他，挽着他手臂。就像当初在帘城，他们一起去花果山、桃花涧。一路上她挽着他的手臂。瀑布给人的感觉是什么呢？用当初他第一次看海时说的四个字也可以，"水在水上"，他说。而这次，他说了两个字，"水斩"。

在叫"鹭鸶"的酒家北侧最靠边的那间屋子里，他们整晚无眠。他一次次挑逗她。未出发前，他真没想过他们此行会发生点什么，他起先非常确定，不会和师姐发生什么。事实是，这个夜晚他在她胸上施展各种亲吻术，在她的不注意和他的不自觉间，他滑进她身体一点点，像某种探测，隐秘、陌生，这境地令他慌乱。他还没来得及多想，她捏住了他手腕，他感受到他未曾遇到的慌乱。他看到她眼里的空洞，一种罪愆被迫抽尾。

自然而然，一些叫作颓败的东西与他的勇敢毗邻，哪里还有勇敢，哪里还有一种迫在眉睫的亲密渴望？是内疚。内疚将他击垮。

她感受到了什么，你不要泄气啊，这会影响你以后的心理。其实他在骗她，或说给过她一种未经人事的错觉。他没有说话。

我帮你吧。她说。那个凌晨，她温暖的手掌催生了他体内植物的萌芽。

之后在更漫长的黑夜中，他们相拥而眠。而天快要亮的时候，他们有了一场真正的性爱。她让他去药店买避孕药。那是他第一次去药店问避孕药。内心百般跃荡，但却装作无所顾忌的样子踏进了那家有粉紫色店名的药铺。那是第一次有女孩为她吃避孕药。一次就够。整个旅程，取而代之的是一种踏实的幸福感，同时，在幸福的边缘处也氤氲着一丝丝不可名状的担忧，为陌生的城市担忧，或者为陌生的明天的他们担忧。

他之所以选择在帘城定居，他没去细究，但有些恒定的默契，一种单方面的应承自我的默契在告诉他，他的这个决定最能安心。

帘城到木猩大瀑布坐高铁只需要半小时。在她女儿出生那天，他去了趟木猩大瀑布。

4

如果颓势可以被包容。那一定源自女人的爱意。

在她的帮助下，最后他还是成功触碰到她，很不幸的是，天花板上的颓丧转移到他下身来。他告诉她，可能是自己很久没有做爱的原因。当某种需求不再是需求时，便会丧失一些本能。比如，一个悲观主义者多年不去恋爱，也将丧失恋爱的技能。

她还是温柔地抱着他，对此，她一点也不在乎。而之前，她懂得他的冲动，但不明白他因何执着，种种尝试未果，他仍不放弃。先前为了帮助他，她甚至说，你想不想听我呻吟，也许可以唤醒你。

如果有什么方式，那一定是一种气氛，水质尖刀触碰到体肤的时刻——微火架河岸，冰雪待融时。

结束后她问，你刚才心里有没有想着她？

他给她清理完毕。她觉得自己和他更亲密了，起初只是打开他的音乐播放器听一些舒缓的音乐，她知道他的某个歌单里，里面的歌全是舒缓的。她翻看他手机完全出于好奇，是一种较随意的举动。他又忘了给该死的便签加上密码。那条便签出现在他们面前时，令他产生了屈辱感。这与亲口说出来不一样。隐秘的东西应该被隐藏，最适宜的方式是让它作为符号安分存在。那句话他原本打算放在一个小说里，他觉得那一句太重要了，他怕忘记，遂在便签上记录下来。小说里的情节，有场露水情缘，失忆的男主人公从酒吧带走那位涂着蓝色唇釉的女孩后，床戏上演前他们有几句对话，其中该篇小说的叙事中，有两句将出自今晚的便签：

我不知道有多久没做爱了，或者根本就没做爱过。
她骑在我身上放声大笑，说她喜欢和疯子做爱。

他夺过手机，不再吭声。他转过身到另一边去，没有解释，解释什么呢？他眼里那口井正在干涸，原本在他眼里被拂动的井水此刻消逝得无有踪迹。

5

喜欢你以后，我将我的无能演绎得动魄惊心。
再次见面前，这句话打动了他。她说她要来找他。他说，好。
他知道了这三年里，她谈过两次恋爱。如他所愿，她终于谈了恋爱，没再打扰他。在她看来，她的问候，她唯一一次出现在帘城，都是打扰。可是这次，她觉得有必要见见他，和他说说话。只有你能陪陪我，你知道吗？这三年本该属于你。他不回答。她确实央求过，可不可以将他的三年时间给她，她想陪陪他。他拒绝了，那次便签让她看到后，不欢而散。之后所有留言他没再给她回复，是她将网络聊天通讯录里的他删除。她也确实没再加他为好友，一次都没有。不似她没来帘城前，一次次声称要忘了他，一次次将他删除，又把他加回来。
她在电话里说她刚去做了人流。他久久无话。

45

没事的,她安慰他说,没事的。已经三个星期了,好了的。我其实很想哭,但我怕扶我的女护士看到。你知不知道,我是一个人去的。那时候我想,要是你在我身边多好啊,至少我们是亲密的啊,哪怕你从未爱过我。最绝望的是女护士将从我身下掏去的东西给我看……接下来,我在一个旅馆的房间里自己度过了绝望的三个星期。你总说,喝酒后有多绝望。我知道你的绝望,你缺失你想要的陪伴。我呢,我的绝望与你又多么相似,我绝望的时候你也不在啊。我从来没见过那么多的血,血一直流到坐便器里,我从来没有见过,一个人怎么能有那么多的血啊!我其实是多么胆小啊,我想我应该会晕血的,但我没有,我晕倒只是我太虚弱了,有几次我晕在坐便器上。幸好是暑假,我可以不用给学生上课。我多么希望啊,能有一个你的孩子……对不起,我矫情了,最不该晕血的是女生,不晕血的只会是女生,知道为什么吗……因为她们每月都要来月经啊……

其实这三年里,10月1日我都去过帘城,待了一夜又匆匆走了。如果我们看到后天的样子,我们是不会多奢求今天的。如果我找你不是为了做爱,我找你做什么呢?如果我找你只是为了做爱,我找你做什么呢?

对不起。他终于说话了。我忽略你了。他说。
可是,人难道不是用来相互忽略的吗?她说。

6

他去高铁站接她。她挽着他的手,他没有拒绝。他想起来帘城的第一次醉酒,第一次绝望。

他睡到第二天中午。那件 T 恤他洗好了,上面隐约可见的黄渍依旧存现。他还可以把它再洗干净一些,但他不打算这么做,也不打算再穿它了。把衣服挂上后,他站到镜前洗脸,洗面奶泡沫均匀附在摊开的手掌上,来回摩擦脸颊的双手突然停下,是洗干净了。但他好像闻到了血的味道,那是鼻血在鼻腔里蓄势待发时才有的味道。果然,他的食指接近鼻孔时就碰到血了。他找来卫生纸,撕下一点纸揉成小团塞进鼻孔就洗澡去了。毛巾蘸水放在肩上,水掉落在地的声音牵动前夜那段狼狈的情景。他吐在出租车里,准确地说是吐到了自己的上衣和牛仔裤上,还没有完,他把头伸出车窗,继续吐,一片散状的水帘飘在开动的出租车窗外,砸在宽阔的车道上,像雨声……下雨了……

他还在吐。他身旁的老大爷在拍他的背,司机递过来一沓纸,他说他自己有。沾满白色细碎黏粒的手伸进左边裤兜,老大爷接过司机递来的纸巾说,把手擦擦吧。谢谢谢谢,他说。不好意思。他说。没有什么,年轻人嘛。老大爷说。

他靠着车窗睡着了,眼皮底下,黑色的锅盖正把他微弱的目光压死。大爷下车走了,车内只剩下他自己,他继续靠着车窗睡过去。

……

他听她的话，没有打车。坐公交，时间会变得慢一些。她说。

他们在邮电大楼站换乘，他带她坐在一张黄色木椅上。

黄漆木椅上，坐在他们旁边的两位年轻的姑娘已相继起身。从地下通道走上来一对母女，母亲的目光平淡无奇，女儿似乎在用双腿诉说她的疲惫，右腿的每一次右倾都在告诉左腿，女主人走累了。换到左腿也一样，姑娘的左腿也在摆动，或者摇晃着同样的倾斜所致的弧度。

他们身边又入座了两个比他们还年轻的姑娘，他离她们近一些。他和她沉默着。如果不是听到她们的声音，他甚至会忽略，此刻仍然有人坐在他们身旁——似乎整个站牌，只有他和她坐在长椅上，她靠着他肩膀眯起眼睛。他看看眼前，看看右边的广场，看看左边的豪华大酒店。此时他看了看左边年轻的女孩，还有她的同伴，她们太年轻了，"白色短袖"不时揉她的肚子，她的每一次出声都是作为饱餐后的心满意足的回应。她肆无忌惮地在他身旁踢掉拖鞋。旁边的那位，她拿手机的右手，姿势十分怪异，总是把手机来回转动于掌间。

他带她去吃粉。她说不想吃米饭，甚至不想吃东西。他威胁她不吃东西就不陪她，她稍微撒娇，说好吧，吃粉。他看着她慢慢吃粉的样子，有些心疼，或许吃东西就该像她这般呢？细嚼慢咽。按时饮食与对食物的速战速决并不能代表一个人有多热爱生活啊，吃饭只是吃饭，还能是什么其他？但他分明能感受到她对待食物的那份小心翼翼，他能感觉到她热爱每一粒米，如果他们此刻吃米饭，一定是这样。

吃完粉，他们走进双生桥北岸的半山公园。他们在木椅上坐下，他们的落座并没有影响左边一米开外坐着的几位奶奶级别的音乐家，离他最近的那一位正施展着歌喉，稍微年轻一点的在拉二胡，另外两位同伴则默契地为她俩打着节拍。他不敢多看最右边那位奶奶的墨镜，墨镜背后是怎样的眼神他始终无法捕捉到，而他目光的每一次抵达都让那本身带有抗拒性的黑亮镜片给怒斥一顿，这种无声的尖锐的批判让他的眼睛颓败下来，他躲闪的目光捕获到的信息只能是"惊悚"。对，惊悚。但很快，下一首歌就是她唱了，准确说应该是她们几个在唱，她在她们一群人中声音最高，墨镜奶奶的声音很特别，她唱歌投入的样子使她看起来像个小女孩。她好像也在看眼前玩手机的年轻人，二十多岁，右腿搭在左腿上，拇指飞快地点着手机屏。他偶尔把眼睛投到路边的绿树青草，垃圾桶，过路人，唱歌人的开合的年老的嘴唇，她们的白发。

她挽着他右手臂，抬头问，你要写的小说写完了吗？我来会不会打扰你？

不会。他说。他说他希望她来。

听完，她将头埋到他肩上。

他告诉她他的构思，一个城市流浪者的爱情故事。起先是他一直在观察路人，在他观察路人的时候，他的一举一动也被流浪者看在眼里。

然后呢？她问。他开始把构思的说给她听。包括他——他打算写的城市流浪者——他就像他单位对面楼层的某只鸽子，他不知道他存在——他一直藏于某处盯着他，不断变换方位，一双眼睛藏于暗处——对，就是这样。

他把这隐晦的流动的影像按住。不再开口，揽了揽她。

这样的相遇不适合说出来，他随即换了一个话题。

我甚至可以把我们的经历交给他。

他还是说起了这位虚构中的浪人，一个即将和他在这座城市某处相遇的"同道"。

他开始讲述他的事，当然也交代了他如何找到的他。

他们将在某天下午或者傍晚，他在他身边停下，坐在那条黄色长椅上。周边的行人依旧安分走在他们自己选定的线条上，他们就是直立的巨型蚂蚁，不过是些被剁去多余的手脚的蚂蚁。

他率先开口，我以为只有我才会干这样的傻事。

他跷起右腿，一点也不因为他们彼此陌生而感到不自然。他甩了一下长发，目光追着他望去的方向。他刚刚目送一对母女离去，她们从邮电大楼地下通道冒出来，先是上半身出现，而后是整个身影，小女孩掐了一下她的母亲，母亲拍打着女儿肩膀。

妈妈，长大后我会和你一样漂亮吗？小女孩掐了一下她母亲。

你说呢，你妈妈的女儿会是丑小鸭吗？母亲拍打了下女儿。

我就怕我不是丑小鸭啊！

为什么？

丑小鸭会变成天鹅啊！

……

这时候他才回过头来看他。灰色夹克，长头发，长指甲。他皱了皱眉头。

我以为只有我才会干这样的傻事。他又说了一遍。

他不回答。

但也只有我们这样的人，才会幸运地捕获到路人溢出的那部分温暖。他们的气息，他们衣服的颜色，他们或神色匆匆，或愁容满面，幸福或者悲伤，我们充当他们一天中某一时段的风景里的补充部分，我们是静谧的，我用"静谧"一词，看，多么贴切。

我们就这样注视着这座城的某一处，我们选一个地下通道，比如此刻，你和我——当然，今天主要是你在干事，我很久没有这么着了，在这一处，多了一个同道，我还需要在这里守候吗？比如说，我就坐在这张黄色椅子上。

我干的傻事可比你丰富多了。这座城，人多的站牌你都没有走全吧？我是指那些重要地段的大站，这么说你清楚吧？对，通常那些站牌前会站很多人，公交车一来，人群蜂拥，"中高级车2元"的字样在召唤他们上车。

灵感就是这么来的，在讲述中会有新的东西，讲述者会加入新的思考，注入新的影像。

    当然了，这个小说后来他没写成。

    他将手机便笺打开，给她看他写下的梗概：

    Ⅰ. 你拥有过孤独吗
    Ⅱ. 当你拥有孤独，你就拥有爱情了
    Ⅲ. 长发多情，乱发为情困

7

    晚上，他们躺在床上。我送你的雏菊还在啊？她问。
在。他说。其实你知道是谁送的。她说。对。他答。
你问过客服？
他笑而不答。
谢谢你，她说，谢谢你今天一直在说话。
他知道自己什么都不能问，也不能安慰她什么。
她转过身，吻他，他热烈地回应她。
她掉下眼泪。
他没问。
最后俩人一起看天花板。
天花板上有什么？她问。
有你。
还有呢？

不知道。

有你。她说。

还有呢？他问。

有月亮。她说。

如果他没有把手伸进她下身，或许一切都不同。他们情不自禁地拥吻，他吻了她的脖颈、锁骨，舌头在锁骨凹处梭巡。往下是胸，他尽显温柔，此刻她仿佛正是他的妻子，他是深爱着她的丈夫。最后是他的右手，由先前紧箍她后背，下移揽住她臀部，最后他将右手伸进她的紧身内裤，他的手指别有天赋般不再僵硬，想象的手指与实境中的手指紧密重叠，他的手听他的，却又不听他，他的手指伸进她，三根手指，像某种探测，不再隐秘，却又非常陌生，陌生，陌生……

他呆住了，从未遇到的陌生。手指不再灵敏，他的手指变得僵硬，他不知道手指进来是要干什么，手指也不知道。最后是她将他的右手拿出来，抽出床边纸巾给他擦好。他好像丢了魂。她起身，到床边翻找着什么。他不再平躺，侧过身去直直地盯着墙壁，好像墙壁能开口说话，替他们说出一句什么话，或者引导他们说一句什么话。他听到背包拉链被拉开的声音，她打开卧室门，走出卧室，去卫生间。回来的时候她到床边去拉他的手，他没有转身，任由她抽出他的右手。他手上传来温热感，这种湿热以水汽的方式在绒布的摩擦带动下流经他的右手掌，手指，还有手背。

他翻过身坐起来，抱住她。他的心绞痛这时候开始发作，他觉得它来得太是时候了。他没有出声，更不敢看她。

最后是她将他的身子扳过来，她侧坐床沿，他正坐床上，她盯着他的眼睛，微微笑，微微笑，伸手摸着他的脸。

我先去厕所。她说。

你先睡，啊？她说。

嗯。他答。他想伸手拉一下她的手，他的手仿佛已经不是他的手，此时，他的手该有的机能也消失了，无法动弹。

他清楚，自己伤害了她。

她起身，背对他，走出卧室。他听到卫生间门关上的声音。

他的眼睛盯着卧室里的雏菊干花，他突然很想知道雏菊的花语是什么，但他今晚是不可能知道了，在他的世界里，他可从未关注过这些曾被他认作"小清新"的东西，什么"星座""花语"等知识，向来在他的接受面以外。

今夜他们怎么睡去的，在后来的日子他都忘了，只记得她在卫生间的时间很久很久，也许一小时，也许两小时。

凌晨他醒来过，他盯着黑暗中的天花板。闭上眼，他看到了很多东西。天花板上确实有她，有他，也许还有月亮。

8

这天早上，是她在南方的最后一天，她说她要走。

留下吧。他说。

不了。她说。她说她回去休息几天又该给学生上课了。

你帮我订票好吗？她问。

……

好。他说。他给他选了一趟可以节省时间的路线，先飞机，后高铁。

是不是因为它们是干花，你才留着？她问他。

什么？

雏菊。她说。

不，因为是你送的。他说。

我想去蓝铃河走走。她说。

好啊。他说。

河边有很多白鹭，白鹭是他最喜欢的。她过去常常羡慕他，可以离白鹭那么近。

如果我是一只白鹭多好。她说。

阿鱼。她抬眼看他。

啊。他轻声答。事实上他过去一点也不喜欢她叫他阿鱼。

那是他的网络昵称，他常常自比人群里的一条鱼。

阿鱼。她又叫了他一遍。

嗯？他看向她。

你会游泳吗阿鱼？

会啊。他轻声说。

如果我跳下去，你会不会救我？

不会。他说。

红拂

酒裤

用你的还是用我的？绕树三匝问。

什么？

你说呢？

来酒店前，我仅知道她的微信名叫"绕树三匝"。这源于她最后一次在酒裤上卫生间前说的一句，她说，扫一下吧。也许以后再遇。也许加了回去就删。她补充了两句。

她在卫生间给我发了第一条消息。

你带纸了吗？卫生间不是有吗？我不想用，谁都可以伸手拿的东西……我的用完了，你到底带没带纸？！

我当然带纸了。

她趴在我桌前时，我正呷着一口啤酒，整理手中的卡片。她枕着手背，一部分发丝盖住了整颗脑袋，像个女鬼。扮鬼啊。我说。说完我试图将她的头发从两肩往后拨去，那样多少清爽一些。她抽出左手划开我。接着双手托起下巴。这回我看清了她的脸庞，足够精致、迷人。长睫毛，浅蓝色唇釉，长发垂到胸前，白色衬衫开了两颗纽扣，第三颗纽扣和第四颗之间湿了一小圈。她光滑的脖子也让我不得不盯着看。此刻她的喉管位置动了一下，大概在回味几分钟前的最后一口酒，顺着这稍纵即逝的动感，我的目光再次在她唇上移动，上唇略薄，下唇弧线圆润一些，同时不失韧性。蓝色。我说。她睁开眼，见我盯着她的嘴唇，问，没见过蓝色的？我摇头。你会习惯的，她继续说，就像少年时，你可能为白色或粉色胸罩心头颤动不已，而现在，你无法抗拒一只黑色胸罩。她边说边放下右手，捻了两下胸前的衬衫。我脱口说了一句，黑色，你的口水出卖了你。我指着她被泅湿的胸口，胸外围隐现出月牙状的黑色。她低头看了一下，王八蛋。她低声骂。我想辨别，月牙里的黑色有没有其他小点，比如雕上几只细小的蝴蝶，或者干脆在罩杯的边缘绣上一只蜻蜓。如果我给女生设计胸罩，我会这么做。我很正经地说，一套内衣是否好看，除了罩杯的设计感，后背横带的线条也极为重要。你是就性感程度而言，而不是从舒适度来说。她毫不避讳，说完拿起开瓶器打开一瓶酒给我倒上，我伸手要拿时她已将杯子抵住自己的下唇，定住手中杯子，说，其实我不喜欢蓝色唇釉。为什么还涂上？我问。因为不喜欢。她说。

看来你还能喝。我说。

应该能把你桌面的消灭。

看来你没醉。

微醺,不然怎么勾搭你?她暧昧地眨了一下眼睛,有些迟缓。

全给你了。我说。

那没意思。

我再拿几瓶。

你并不是来喝酒的。

怎么看出来的?

你手上有忙的。说着她把我的卡片拿去。

我将手机备忘录的一些文字以图片形式打印出来,做成卡片模样。这样我随时随地可以想事情,也许我很快想起一个人来,一个影子。我竟然忘记她的模样了,以及她的名字,之前的记忆,只剩巨大的空白,有无谈恋爱……我甚至好奇,我的上一次性经历。

有毛病。她说。

她念起9月15日的那张,只有一行字:

喝酒了,我不敢想你。

这个"你"是我。她笑着说。

我也纳闷,这天我去了哪里。说完我把整杯啤酒吞掉。

现在我脑袋里伸出一个指示牌,"扶风路",蓝框白字。"大剧院",一个声音说,男声。那我应该问过他,这是哪里?他头也不回,说,大剧院。他双手握着方向盘,形容懒散。他右手边的手机托架上,电子地图仍开着,他看了一眼,关掉。这一圈他还需要导航吗?他对周边太熟悉了,我现在就能说出纪念塔,折耳街,扶风路——哪有他不熟悉的?

睁眼。她说。

在另一张卡片上,有"大剧院""桂花香""小灯笼"几个词。

大剧院,她说,你闻到了桂花香,桂树上挂着一只只小灯笼。

你熟悉帘城?

我是帘城人。

她继续说,你去见某个女孩的路上,去见一个男人你不会对桂花香感兴趣,你的思绪更多是陷在堵车的烦闷中,这是一个星期五,晚上七点半你们有一场电影,堵车的路上你并不知道,接下来你们将去看一场电影。四十分钟前,她向你诉说,卫生间的下水道堵塞了,问你在哪儿可以查到管道疏通人员的电话,实在不行,开锁的也可以。女孩开玩笑地说,并自顾偷笑。你像是获得某种恩宠,你觉得她主动联系你的次数少得可怜,但她的生活凭什么要依靠你呢?你说你马上下班,等你到了再联系他们。你们的聊天中,出现了难得的商量性话语。

我希望她继续说下去,比如离场后,我和那个女孩又说了些什么。我继续盯着她,我感觉到,再坚持十秒钟她就会说下去。

再拿些酒。她说。她的手机在桌面上振动,她看也未看即摸索着手机,某根手指控制音量键,振动变成了静音。我朝服务生挥了挥手,比了个"六"的手势。我回过头再次看向她,这回她露出了些窘态,她知道我看清了来电姓名,"绿帽子",一个奇怪的备注。

我将酒瓶打开。

喜欢悬铃木吗?她问。

路过一排悬铃木,那是她喜欢的人行道,你们决定先吃饭,再看电影,吃完饭大概七点二十左右。你们选了一家做蒸汽火锅鸡的餐室,她就坐在你对面——对了,你能给我大致描述下她的相貌吗?算了,暂且说她戴一副眼镜吧,厚重的镜片,令你感到心疼。其间,你让她摘下眼镜,你想感受一下它的重量。当然了,她并没有给你。接下来你们研究蒸汽火锅是如何运作的,它的作用及原理,你差点儿以为自己是搞科研的了……

我在寻找她的样貌,还有多少是我可以想起来的,我知道这样做不过是再次给自己增添失望的机会。也许她真的戴眼镜,高度近视。那天傍晚,我们或许真的有一次愉快的晚餐,晚餐后我们去看了一场电影。

按这两张卡片的时间来看,也就是上个月的事情——她继续说——可能,这次的桂花香并非是赠你好运的一次,刚才的假设过于美好,我们甚至可以将刚才的影像继续往后倒退,我们随时可以更换布景,但是——她把酒杯往旁边移,改用酒瓶,喝了一口——你真的什么都不记得了吗?不排除你摔坏脑子的可能。又或者是,路过那排桂树,途经桂花香,左侧的某只小灯笼借风势差点儿成功撞到你的脑袋,剧情到此,只好让你下车了。

从扶风路、大剧院、纪念塔退回去,为了让一切变得浪漫起来,我应该将一段温暖的旅程交给你。

她在水口寺站下车,那家烧烤摊刚搭起帐篷不久,烧烤架的木炭还未燃透,你打算等烟雾没那么大时再回来。你预先准备了两瓶饮料,你拿着瓶子指了指前方,悬云坞,这是水口寺社区蓝铃河边的一座亭阁,过去的周末,你无聊时常常一个人坐进去发呆。这次是两个人,从半山小径绕一圈,刚好可以顺利绕到悬云坞,你们对河面几个焦糊的块状产生兴趣,那是石头吗?她问。应该是浅滩。你说。你家浅滩是这样的?她问。你们还讨论一些关于环境方面的话题。面对蓝铃河,你说起你曾在一篇小说中见过那么一段,蓝铃河的河水如何清亮,那个年代的青年们,扛着吉他,穿着喇叭裤,或者一种彼时人们戏称的抖抖裤,在河畔笑唱玩闹,高兴不高兴就下河游泳。她接了一个电话,是她的同伴打来的,说下周开个馆子。你无法想象她那位同伴开起馆子的模样,你没有想到她在各种餐具前忙碌的样子,倒是荒诞地想起一个画面,她那位亲密的同伴,站在某个门面卖包子的模样,热气愉快地升腾,她正招呼着香味扑鼻的烧卖、荞麦馒头、白面馒头,以及不同馅的包子。当然了,她的左手边还放着十来碗银耳粥,她的右手边,触手可及的架子上放着一杯杯豆浆,有黄豆豆浆,还有绿豆的。她打断你,想什么呢?你说你正想象着她那位同伴在包子铺里忙碌。想你个包子,我们家小——她同伴该叫小什么呢?她说她的同伴怎么会开包子铺。

你喝了一口苏打水,手上正在玩转瓶盖……

她说起瓶盖时,我想起我的书架上放着的那只空瓶子。那是一只极为好看的瓶子,饮料牌子我想不起来了,瓶盖的颜色倒是清晰无比,蓝绿色,瓶身却是那种极浅的湖蓝,这明显不是同一个瓶子的。我多情地顺着她的话走,也许那晚我喝的不是苏打水,对了,是一种叫"水微萌"的饮料。可能就在烧烤摊旁,我们在某张独桌前面对面吃烧烤,她打开瓶盖时,不小心瓶盖掉落,我捡起来用我的换她的,空瓶子至今放在我的书架上,瓶子旁边,是雏菊干花。

这次烧烤摊会面,暂且这么叫吧,实际上你们这次相聚,是为了给别离制造机会。

她继续说,你知道她近期将要离开帘城。你始终记得上次,你们将她住处那边的食物与双生桥的对比,她说她还是喜欢双生桥的辣子鸡,或者水口寺的烧烤。这次你忽略感冒引起的咽炎,约她在水口寺见面。本来不可能有这次会面的,如果她如期离开帘城,也就没有这次见面了,当然也就不会有余下的事情。接下来,于你而言是重创的遭际即将到来。

别惊讶,你知道这是早晚要来的。上次在双生桥,那家店面,墙上是竖状的巨大的"帘城辣子鸡"几个字,上次你也预知,她就在那两天,即将远离帘城。是的,太远了,隔一条河岸都远,但你深切明白,你们暂时需要距离。所以,辣子鸡,你又借口制造了见面的机会。今晚的烧烤餐和那次一样,你带着你的咽炎坐在她对面,幸福得像头猪。

我手中的酒瓶差点掉落。她继续说,悲伤的在后面,你说,如果再回帘城,可不可以让你去接她?如果这也算约定,你没有把握,你们下一次见面,是不是就是你去接她的时候。问题是,她真的会叫你吗?

可我们不是又见面了吗?我说。

是的,你放心,我的逻辑还清晰着。

现在我们该回到烧烤摊了吧?

好啊,有点烟火气总是好的。与你熟识的老板看见你们桌上的辣椒面快用完了,友善地过来添上新的。此刻她觉得有些辣,说缓一缓。你装模作样,一副百毒不侵的样子,说,不辣啊。接着你用口哨声调戏了一下桌角的柯基犬,柯基冷漠地瞅了你一眼。此时,五米以外的一只黑犬正向这边靠近,并同小柯基抢鸡翅骨,突如其来的狗嘶声吓到了你们。老板过来把发生冲突的两只狗赶走,你再不敢往下丢……

她的手机又振动了,还是"绿帽子"来电。振动声也挺好听的不是吗?她笑着看我说,继而盯着手机屏幕走神。

我继续喝闷酒，我竟然不敢问一句，同时又觉得无比抱歉。

手机居然可以振动这么久。

你看，酒都被我喝光了。我说。

我也在喝啊，她说，再来八瓶酒。她举着空瓶，对隔壁桌旁站着的服务生喊。

酒裤什么都好，她说，这酒瓶的设计是我最喜欢的，小巧玲珑。

扫一下吧。她说。也许以后再遇。也许加了回去就删。她补充了两句。

你头像很有意思。我说。

虎食人卣，她说，传说目前已知的虎食人卣只有两件，一件藏于法国巴黎市立东方美术馆，一件藏于日本泉屋博物馆。

你知道第三件在哪吗？

哪里？我问。

酒裤门外蹲着那件就是。她坏笑着努了努嘴。难怪很眼熟，我说，刚才进门时，我还朝它望了一眼。不过在我伸手往白色外套浅兜里摸出一支烟后，先前的好奇心即被抽走。

如果说来酒吧，只是为了简单喝个酒……

她没有说下去。

还是给你说说你们的故事吧。她捏住鼻子，盯着酒瓶，一秒，两秒，三秒，四秒，五秒，六秒。

算了。我说。我突然有些难过。

还是你好，她说，整晚一个来电都没有。

一条消息也没。我说。

刚才说到哪了，水口寺对吧？你们的头顶上，就是水口寺，过去你多次想独自攀登，有一次你几乎就快到达山顶了，水口寺的标志性建筑，那座尖塔就立在山洞前。

是该让生活有些烟火气，选择烧烤是对的。

离开后，经过半山小径，往双生桥方向走，你想从那儿打车送她回去。其实完全可以直接从水口寺打车，你的借口是，刚吃完东西，走动一下再坐车。到双生桥时，你给她看一张你很喜欢的照片，那是某天夜晚从她住处回来后拍的。你没有选择打车，你觉得走路时夜晚更像夜晚，扶风路、大剧院、扶风路、半山小径，接着是你所在的小区——你住哪里？

白枣小区。我说。

好，接着到白枣小区。

先到双生桥。我说。

半山小径过来就是白枣小区。她说。

那双生桥上的照片怎么回事？

噢，对，额——她思考了两秒——你看着微信运动步数，还差一千步到两万步，你靠着白枣小区斜坡上的铁网护栏，心情有些沉重，你发现，她已经嵌进你的生命中。打雷了，天要下雨，你觉得有必要去双生桥看看风景。你打算绕到半山小径南岸，从另一边的河岸看云，雷雨前的黑云无比美丽。

到双生桥后,你放弃去南岸了,站在桥上,你就走不动了。你觉得,你们之间,少了一座桥。就在这时,你拍下一张至今仍令你满意,同时饱含深情的照片。

她从那叠卡片里抽出那张照片向我展示。

你是做什么的?我问。

她不回答。

车来了,没有一辆是空车。你的女孩说,要不我们打快车吧。

夜晚适合坐出租车。你说。

似乎帘城的出租车都知晓你的心思,没有一辆空车从你们面前经过。

我想和你说一件事,可能会吓到你,可我觉得,我不能不说,这就是事实,为什么要隐藏呢?你说。

你别吓我,女孩说,她伸手阻挡,还是别说。

你听我说完。你说。

你说你其实也不想说,只是她就要离开帘城了,也许仅仅只是天气,或者土壤即将不一样,你说你必须说出来。

不,女孩开始慌了,你听我说,女孩走过来按住你的肩膀,将你肩膀转向白枣小区方向,说,我们就说说帘城此刻的天气,说说蓝铃河岸的土壤……

你当真傻傻地去关注双生桥下的蓝铃河岸、半山小径北岸、半山小径南岸。双生桥有些高,你无法分辨河面突出的黑块,到底是石头,还是垃圾。

身后她喊了你一声,她已经坐上出租车,正向你挥手。

到了和你说。她说。

不要担心,回去吧。她说。

你是做什么的?我问。

这次她沉默了。

过了会儿她说,说了这么久,我可是一直在说啊,不停地说。她又捏住了鼻子,一秒,两秒,三秒……七秒,八秒,九秒,十秒。

我听到她的呼吸在颤抖。

我上个卫生间。她说。

时间有些久,她应该回去了。我想。

桌上还剩最后一瓶,我知道,这是留给我的。最后八瓶"小红帽"——她如此称这种啤酒——还剩一瓶,我们谁多喝了一瓶呢?我闭上眼睛向后靠了靠。

之后我微信收到一条消息,"绕树三匝"说:你带纸了吗?

卫生间不是有吗?我回复。

我不想用,谁都可以伸手拿的东西。

我的用完了,你到底带没带纸?!她说。

我当然带纸了。

出来时她挽住我的手臂迟缓地笑,身子有些倾斜,顺势靠着我。

我刚才看到一个有趣的东西。她说。

什么东西?

蝼蛄。她说。

……

我没听清她说的是什么,我的脑海里还没有生成蝼蛄的形象。

一只……项链……蝼蛄。

一只金色的蝼蛄。她说。

蝼蛄

我就看看,你什么时候敢牵我的手……

十月三日,七点十分,门外,二孃,二孃,二孃……

你好,请问你找谁?

请问这里的住户是不是姓刘?

不是,你走错了,你二孃没有住这儿。

回到卧室,我抽出一支烟,点了几下没点上。那位中年妇女,我不可能认识,她在找她二孃,说着地道的帘城方言。纵使她制造出顽强的敲门声,以及坚定的呼唤声,她也没有找到她"二孃",只是把我从梦里给叫醒了。接着她又到楼上去敲门,只敲两下便没了声音,我能想象出她失落的身影是如何从七楼往回走——在楼道里,她捏了捏手中那包中草药,鼻翼抖动了两下,表情酸涩。可能多年前,我房东的母亲,或者楼上的人家,那位老妇因难忍常年的耳鸣症或者胃出血,曾向她讨要过一副草药,彼时,作为后辈的她,这位以熟知奇药著称的少妇因为有一味药极为难遇而没有立刻作出答复。

多年后，中年妇女带着那副奇药来到白枣小区。而此前，由于兴奋过度，她还跑去了白枣小区一栋三单元，敲过六楼601房门，半天才觉察自己走错了。当她出现在四栋三单元601室门外时，神情明显安定了些。看到一个刚从梦中醒来的青年男子给她开门时，她心中已凉半截，但她还是试探性地问，这儿住的可是刘姓住户……

回放梦境，以及放映旧事都可以让我休息得舒适一些。

就在我目送那位走错门的妇女离去后，我知道再也无法续上之前的梦。我烦躁地将枕边一本书扔到墙边，击中一个花瓶，花瓶掉地发出巨大的响声。

万晓霞的房间，球形锁转动发出声音，她来到我面前。她轻手轻脚地蹲在我面前，鹅黄色的睡衣，右肩上的衣领斜出锁骨上凹处两寸，使得她的睡衣有点像一字领上衣。怎么了？万晓霞从我唇上夹出那支该死的卷烟。我的梦无法续上了。我说。别想太多，趁放假，好好休息要紧。万晓霞说。

你太累了，万晓霞继续说，别再想了，想不出来的就别再管了，以前的事情，忘记的就让它过去。万晓霞说完低头，看见她的左手握着我的右手后，默默放开。这种羞涩，我也曾有过。前几天，我去给客厅阳台的兰花浇水，她的内裤掉在兰花丛中。风太大，或者仅仅是她的内裤太轻，浅绿色的透明丝质内裤，最私密部位雕着一朵什么花。她走到我旁边正要收衣服，我的右手正拿着她的内裤，我打算用大一点的衣架给她挂上的。我不知所措，万晓霞也没有说话。

我去做早餐，你再睡会儿，等会儿叫你。万晓霞给我带上房门。我拿起刚才被她放床边硬精装书上的烟点了起来，深吸一口，感觉好了许多。这时我的脑中浮现出一个细节来，客厅桌子上，那本精装书上放着一把钥匙，我感觉到，彼时有个女孩离开了我，钥匙被她摆放在纳博科夫的《微暗的火》上。我拿到钥匙后在房间站了好一阵。她在便笺上留言，我们会再见的，房东先生。她除了叫我名字外，偶尔会戏称我为房东先生，至于原因，自然是我先把这套三室两厅租下，后来她从网上找到我，与我合租。

女孩与我相处得非常融洽，我记得她到来的第一天，我到路口去接她，她的箱子无比沉重，久未锻炼的我，除了动用双手的力量，还得借助膝盖的力量。我不想让她看出来，当然也想速战速决，于是快步走在她前面，率先上楼，到了601门外，我站立着等她，和后来捡起她留下的钥匙时的身姿一样。我背部相当笔直，看不出刚刚提过重物的痕迹。

我们在客厅席地而坐。值得一说的是，当时的设计是我的一个朋友给打理的。客厅摆放着茶台，茶台下是一块笨重的玻璃板，承接玻璃板的是折叠起来的铁床，我们把它放躺在客厅，给它铺上一块印花布后，就成了我们的简易桌。我在客厅给女孩泡了一杯茶，我几乎把一小袋的绿茶都倒给她了。彼时，我不会想到一些细节，泡茶应该放多少茶叶，在单位我很少喝茶，不是我不喜欢，而是我懒得泡。既然有两个客厅,我总得让另一个客厅有点作用吧,那就放个茶台。这不过是印证我是生活低能儿的事实。女孩很温柔,在之后的生活,我除了偶尔损她新买的衣服哪里哪里不对劲,颜色如何如何不适合她,更多的时候当然是我没事找事。在和她的联系中,我更是多有莫名其妙的举动,比如她打算买个什么东西,和我讨论价格时,我会莫名其妙并且无比认真地和她说,说普通话。我这边却在用方言,有次她开着扩音,旁边的老板一脸诧异。

女孩走的那天没有和我说,先前她就陆续把东西搬出去了,最后一天走时,几乎是轻装离去。回来看到那把孤零零的钥匙,我很是感伤。之后,除了网络聊天工具上的几次简短问候,我们没有再联系。

另一个我回忆多遍的梦,此时也被我想起来。梦里,我在不停地奔跑,或者干脆说在逃命。我穿着一件红色T恤,不停地跳往山体最低处,最后在临近一道河湾一百米处,我看到一个熟悉的身影,我想不起她是谁来。我在梦里长长地叹了一口气,这真叫人绝望。打开衣柜,我找出那件衣服,那本应是我夜跑揪住汗水的运动装上衣,我却穿着它做了一个悲伤的白日梦。如果这件红色T恤最可能的用途确实与出汗有关,那么多多少少,于我,这一梦境该略有安慰,梦里我确实跑得大汗淋漓。事实呢,我肯定不想纠结于此,我只是想让那声长叹,暂时别这么快被想起来。

另一个我回忆多遍的梦,此时也被我想起来。还是她,在一条宽阔的水泥路边，我像支圆规的针脚，或者一棵树的愚笨的树根，等在某个点上。梦里的信息反馈说她要搬家，后来是她用电瓶车载我，我们之间隔着一只枕头，我揽着她装睡，她握着我的手，转头，轻轻地吻了我一下。后来，电瓶车不见了，我们向山顶爬去，一只结构精致的黑蜘蛛，在我们面前的岩体上候着。我的手上多了一个火把，我将它塞进岩体缺口，我们的右手方向，湖面突然裂开，她从我面前向湖面飘去，掉进碧绿的湖水中，湖水向四围退去，她开始沉向空无的雾气中……

梦醒后，我灰心地向双生桥走去，在一家叫"嫦娥"的鹅肉粉店点了一碗清汤鹅肉粉。嫦娥，有点不忍心，但想到老板的善意，我也就略感安慰。专心吃完晚饭，我在一旁的超市买了两瓶椰汁，将它们立在双生桥护栏的石柱上，陪伴陌生人等公交。

也许就是其中一路车，我曾目送过她上车，我知道挥手太容易了，举起右手，我只是朝她上车的方向动了几下手指，空气中仿佛有一架隐形的钢琴立在我面前，我只是轻弹了几个键。

……

它们……它们已是昨天的事情了。

昨天。

我想我终于放弃，任何努力都是徒劳。即便我有意识地训练，能记起的再多回放几遍，而这样的效果，至多是会使我的记忆通道变得更光滑罢了。

人生往往如此,你越努力越无效,在虚与实之间,有时虚拟的比真实的更令人觉得可靠。努力接近的,往往远离,你没重视的记忆,它反倒自己来找你。

前两周,那个星期天早晨,我一醒来便不知道自己身在何地。我使劲想这是什么地方,我知道这是我的房间,可我不知道我所在的城市名,我还有哪些亲朋好友,我统统忘了,脑袋嗡嗡地响。黑色的海水将我包围,诸多混沌物在我脑际回旋、翻腾,我奔向洗手间,接一盆凉水直接从头顶往下泼。泼了几盆水后,我清醒了一些。我知道这套出租房里还住有一个女孩,我得赶紧叫她,提示我一些东西,不然我将完蛋了。我穿着球衣,浑身湿透,去拍万晓霞的卧室门。她正在屋里换衣服,开门后看到我的模样,她说不出话来,惊恐地望着我。帮帮我,我什么都不记得了,赶紧提醒我一些事情,我怕过了这个时段我就完蛋了。万晓霞确定我没有开玩笑后,去找来干毛巾递给我。她说,先把衣服换上吧,别感冒了。我听了她的话,回到卧室。

擦干身子和头发后,我换上衣服。有这么一幕从我的脑际弹出——我躺在某张床上,我在上铺,那时候我正在发高烧,半夜醒来,我忘了我身在何处,我叫什么名字我都忘了,我知道我是活人,应该有记忆,但我想不起来,我是谁,到底躺在哪里。我身体无法动弹,面对墙壁侧躺着,睁开眼睛,我看到那道墙上的贴纸,是几只梅花鹿,我认得它们,我知道我在哪里见过,但我的意识肯定还没有想到,那就是我床边贴纸上的梅花鹿。我目不转睛地盯着梅花鹿,我努力告诉自己,我不能闭眼,我得一直冥想,努力想着,这是哪里。挣扎了近五分钟,我终于想起来了,我在北方某个城市上学,我睡在上铺,我下铺是我们宿舍的小六。

我像是一直活在梦里,包括万晓霞昨天回家,今天下午又赶回来,都像在梦中发生的。我在微信里给她留言,二楼起火了。严重吗?人没事吧?她问。我说我在屋里,火已被扑灭。

今天是中秋节,我中午才醒,躺在床上看韩国电影《出租车司机》。外面声音嘈杂,白枣小区给我的陌生感又加深了几分。可能是他们在用新的方式迎接中秋?以往几年的中秋白枣小区也没今天这般吵,人们像在议论什么,并且不断让惊讶的语气飘到楼上来。多是妇女的声音,男人们嚷得更凶一些,像是有人在楼下打架。我心想或许该起身拉开窗帘看看。翻过身来,我看到窗帘外黑影摇晃,我顿生错觉,天象有异,空中几只怪兽在相互追逐,投射到窗帘上的光线被搅混。或者,小区上空,毒空气来袭……如此种种,短时内被我罕见地疑心着。拉开窗帘,外面冒烟了,很快烧焦味涌进我房间。我把卧室和客厅的窗子关上。浓烟有些奇怪,有一阵没一阵的,楼下站着二十几个人,我知道起火了,一开始我并没发觉是我们这栋楼起火,还以为是隔壁那栋,只不过烟往我们这边蹿罢了。所以,我并不着急,没有考虑要下楼。左边四单元六楼,一位老太太探头看着我们底下的楼层,我再次打开客厅窗户,烟雾正是从楼下升起,并且比先前强烈,当然,我没看出来是几楼。烟雾愈来愈大,屋里灌满了焦火味,我想象到火势已经蹿到楼道里,我出不去了。我打开万晓霞的房间,看着窗户外的空旷之地,要不我从这儿跳下去?当然,我没有再多想,又回到客厅。从烟雾的密度看,只是楼下的一个房间着火了,我还来得及换衣服。

我换上昨天穿的那套衣服,穿上拖鞋,捞起胸包,却找不到钥匙了。一旦关门,没钥匙我可回不来,万晓霞昨天上午回家了。最后我在客厅的桌子上找到了钥匙。

着火的是二楼,201住户的客厅,我一直以为那是小区某个管理员的仓库,我在楼道遇到过房间主人开过两次门,里边堆满了杂物,有旧沙发、蒙尘的椅子,以及各种瓶瓶罐罐。

站在院坝里我才注意到,我是最滑稽的那一个——脚穿拖鞋,一本正经地斜挎着我的胸包。大概是火势不够凶猛,院坝里的人们并没有要逃跑的样子,人们仍旧议论纷纷,站定观望。几个妇女在打电话,有拨110的,更多的人拨了119,因为着急,并没有人问是否呼过火警。人堆里新加入一个,那人也摸出手机呼叫火警。最后一位拨通电话的是一个红色外衣的中年妇女,但她讲述的地址不对,给对方叙述的过程中多绕了几个弯,加了几句不明不白的描述语句。最后是旁边一个干练的中年男人告诉她,说重点,白枣小区。

幸好是客厅,住在我楼下的老太太说,如果是厨房,烧到煤气整栋楼都要遭殃。

拂动的火丛中，我看到了那位红衣女子，她在火光的笼罩下轻轻回头又转过脸去，红光变成土红色的河岸，出现在二楼的不再是藏火的客厅，而是河岸围成的枫树林，我突然认出了她。

多年以前，每次经过那所中学的枫树林，我都自我暗示，在某棵枫树下，一红衣女子背对着我，就那么站立着，我想象她是鬼，可她更像一个外表冷艳内心温柔的姐姐，哪怕她从未回过头来看我一次。而此刻，再次认真想起她来，已经是十多年后了。也许仅仅是因为我回忆了一上午的梦境，又或者仅仅是我在双生桥站牌上，看到"枫树楼"三个字。如今我也长成当年幻象里她那般年纪，我可以肯定，过去的几年，我偶尔也会想起她，不过更为随意。她还是只给我她的背影，红色长裙，黑发齐腰，雕塑般立在那所中学的那片枫树林东南方向的某棵树下。

我好像自始至终都没有见过她的双腿，她的鞋子也隐没在整堆裙摆下。红裙过长，盖住了地上的一部分枫叶，枫树上的叶子几乎掉光了。这个场景，连同她，多次在我脑海中闪现。每一次抹掉她的影像都会使下一次的刺激性回忆更为真确。

现在令我感到困惑的是她的手，我一厢情愿地以为，迫切地以为她的手是柔暖的，然而无论我如何皱眉，她的双手就是没有出现在我的脑际。我紧闭的双眼开始有了酸痛的感觉，再这样下去，我准会为她双手的不可见流下眼泪。

和一般意义上的雕塑不同，她是肉质的，可感的。我思想里的双手未曾伸手，现实中的双手即捏紧手指在衣兜哆嗦，这种怀想令人心碎。这么多年我未曾见过清风吹起她的发丝，也未见她的红裙有过任何拂动的迹象，更不用说有可能闻到她作为成熟女子特有的气息。我未曾见过她回头，哪怕一次，我或曾像恋人那般期待她稍微转动一下脑袋，此刻我却看到她在火丛中回头。

李靖的爱人红拂在火丛中盛开。

火警迅速赶来，来了三辆消防车，但只有最小的那辆开得进来。由于白枣小区的居民乱停车，那两辆大型消防车只好停在通往院坝的斜坡上。从窗外灌水，到消防员开锁入室排查隐患，整个过程用了十分钟左右。火灭了，人们还未走开。这时我看到三楼有人打开窗户，一副什么事情都未发生的模样。他淡定的神情出现在窗口，手里端着一盆水，把自己的窗台冲了一下。他应该是第一个从人堆里回屋的人。我感到后背不太舒适，转瞬明白那是我的胸包带子没有调平整的缘故。理好带子，我低头看了看脚趾，确定拖鞋和我的脚面保持最佳状态后我走进三单元。

回到房间，我将胸包往床上一扔，仰躺床上，天花板上仿佛有黑烟溜过。我觉得有些怪异，正在想哪里不对劲，之后我明白，下楼时我把闸刀关了，把窗户关了。那么现在，我必须到门外把闸刀开关顶上去，再回来大开窗。

这下好了，一切又恢复至原样。转头盯着这几年买下的书，这算不算我唯一的财产呢？镜子里的我，那颗脑袋，头发旁逸斜出。

　　我进卫生间洗了一个澡，回屋换上另一套衣服，拿出剃须刀，电量微弱，在剃须刀贴近我的上唇左侧时，刀片停止了转动。因此，我的隔夜胡须没能成功铲平。坐在床沿，我瞬间不知道自己要干吗了。冰箱里只有两瓶鸡尾酒。万晓霞知道我从来不做饭，她回家前就做好了规划，我俩能把所有菜吃完。

　　万晓霞建议我别在屋里待着，出去走走，她怕后续还会发生什么。没那么恐怖。我说。万晓霞打电话过来，问我有没有吃饭，我说没有。出去吃饭吧，暂时别回住处……万晓霞还想说着什么，有人在叫她，她的奶奶，或者她爷爷，我没有听清。

　　傍晚，我在一阵敲门声中醒来。

　　门外站着一个中年男人。他递给我一支烟，手有些发抖。他说他是201的，为今天中午的火灾说对不起。

　　能进来说话吗？他小心地问。

　　我才发现我们一直站在门外。我点上了他刚递给我的烟支。

　　进门后，我给他倒了一杯温水。

　　他握着一次性杯子，在屋里左右移动，我仍然站在他对面。我似乎应该说什么，但我不知道从哪儿开始。两个陌生人，说什么都不合适。

　　他发现了我的书架，询问我是否可以进去看看。

没问题啊。我说。

他的身子有些颤抖,手指想去触碰那些书,却又抽回来。

以前我写过小说,大学的时候。他说。

我抬头短暂地向他注目,没有说话。写小说是份苦差事,因此,我不想就此发表意见。

我们还是喝茶吧。我说。

好啊。他说。他的神情舒缓了些。

我们在客厅里相对坐着。他开始分析,是烟头没有摁灭。

也许是电源的问题。我说。

不可能的,我客厅没有多余的插板。

他开始诉说他的生活。正好,这个中秋有他陪伴,我甚至打算邀他一起出去共进晚餐。

他问我,他的样子看起来会不会有些矫情。

我摇头。

前几天我心情不好,他说,自己待了这么多年,却在这一阵感到烦躁不安。

是吗?

嗯,我发现我的"矫情病"变严重了,不想说话,我本来也话不多的。

"矫情"的品质挺好的呀,我说,矫情最好只向自己倾注。

看了这么多书,你有没有什么困扰你的问题呢?

抱歉，它们只是作为装饰的作用存在。困扰？近几天，我发现记忆大不如前，这令我感到悲伤。我想，我需要一点刺激性记忆，说不定哪天，有些事我就突然想起来了。只要我坚持冥想，内心就能有所回应，那是一种由心而发的震颤，独属于我自己。

为什么要想起来呢？想不起来也是好事呀，对于过去，你最终是否想起一切，这不要紧的，它们在你过往的世界将有更多的际遇。

我如释重负，感到心情舒适了许多。

你一个人生活吗？我问。

嗯。他点头。

你是怎么看待"思念"这件事情？

思念一个人，最好不要说起，简略表达可以，不要时刻提起，提的次数多了，言语就变得沉重了，相互的空间少了必要的轻盈。这种内质的葆养需要共同努力。很多时候，给我们一些符号和影像就够我们活一生了。他说。

可是我，我没有力气了，更多的混沌和空濛充斥于脑中。我说。

我们陷入了长久的沉默。

你知道黑白颠倒的滋味吗？白天我需要大量的睡眠时间。睡不好，整个夜晚我可不奢望能打起精神。昨天我在酒裤见过你……他分我一支烟，这回手没有发抖，他坚定地说，放心吧，我不会和嫂子说的。

我就在酒裤上班，我是他们的清洁员。我说我四十多岁了你信吗？实际上我才三十六，刚好过了我给自己说的不结婚的年龄。一个男人三十六岁还没有结婚，还有什么必要结呢？

我没有回答，而是在想他的用词。他称万晓霞"嫂子"，他以为我们是一对。按理我比他小近十岁，他不该叫万晓霞为嫂子。我竟觉得他无比文雅，不该是个拍拍屁股出门，房间起火都不知晓的粗心汉。

今天十一点一刻左右，他背对着客厅窗户下的墙体，正在用心拒绝最后两罐啤酒。就在这时，他接到一个陌生来电，对方是个小姑娘，黔西南口音，能辨别出大概年纪，十七八岁左右。小姑娘很有礼貌地对他说，你好，请问，那个，修下水道需要多少钱？电话那端的声音有些忐忑，以及不确定，但不失可爱。他很负责地跟女孩说明，他不是管道疏通人员，虽然他在给酒吧做卫生清洁服务，终归不是一个工种。喝过两罐啤酒的他，觉得有必要让自己了解一下事情的经过。他问女孩是怎么找到他号码的，女孩说在网上找到的。他花了六分钟左右和女孩解释，同时表达了自己的沮丧，肯定是有人写错号码了，他感到相当无奈。喝酒的时候，有人叫你去修下水道，这能不让人心情变得更糟吗？尤其是，一个背对窗户独自喝酒的中年男人。

大概是这个电话的原因，他有理由让自己更加沮丧。最后两罐啤酒也格外体贴，喝完了，还会再有，一个独居的中年男人，最不缺的就是烟和酒。

小酌怡情，他有把握喝过第四罐啤酒后可以安心睡个午觉。

这个中秋，大概是用来折磨一个失意透顶的人的。于是，在他觉得自己稍微缓过来且脊柱偶有暖意流经时，十年不联系的前女友，突然给他打电话，约他明天见面，并且希望他能亲自带她女儿去医院一趟。十年前他提出过亲子鉴定要求，前女友此刻突然表明就按他的意思办。

第四罐啤酒早已被他喝完，他跑回卧室翻东西……

房间里的卧床，或许摆放的位置不对，他不该让床抵住东边的墙壁。那样每次靠到墙那边，他都会害怕墙壁突然抽离，他直接从床上滚落到一楼去。即便有床被包裹，落地时多半也会完蛋，即便是脚先着地，脑袋也无可避免，也将傻傻地受重力牵引，与地面接触。他感受得到，凭一颗脑袋的结实度，不傻也痴了。到底应不应该信任一堵墙，冒险难道不是最为实诚的态度吗？他闭着眼，嘴角松弛了些，再次翻身时，他试着贴近墙壁，看它作何反应，甚至，张开双臂，他渐渐感受到，墙壁由平面状缩至柱状，向他的臂弯挨近。他的整个右脸颊，都贴在墙壁上了。

醒来时，他发现自己流了口水，瞬间觉得有些羞惭，同时神色慌张，这比他二十多年前第一次梦遗还令他感到害羞和惶恐。

他梦到他少年时寄居过的那个山村，那儿有着他的初恋女友。

他们在某座山上坐着，看对面起伏的山坡与多树的村寨。南方山村的优越性自然是多水流,多植被。他们的对面是一条河,在他们身后是一个田坎,这块田与其他梯田不同,相当开阔。他们躺在草地上相拥,最后他紧抱她,女孩脸上现出了红晕,随即幸福地眨了一下眼睛。他将她那件薄薄的风衣解开,撩开那件白色的绒质打底衫,他看到了她漂亮的胸罩。以前他们同行,偶尔她在前面停顿,或者他突然转身看向她,或者不约而同停住脚步,他们的距离总是很微妙,他知道她的肩膀碰到了什么,那种触感,他在心里打开一道门旋即又关上,锁住温暖。他们也曾在月下相拥过,他感受到她的呼吸,以及他胸口上的温暖源自何处。他小心翼翼地解开她的胸罩,凭着本能探索,成功地将她背上的横带搭扣解开。他极尽温柔,让双手感受这幸福,时时刻刻,他的双手快要融化掉了。之后,他双手环抱她的后背,开始吻她玲珑的乳房,尽显怜爱。最后,她的乳头被他挑逗得坚挺了些,随着他的舌尖与它们嬉戏,她的身体开始往上抬,她不敢睁开眼睛,双手紧抱着他。

后来是一个中年男人的声音将他们吵醒,走,走。该男子在催促他的几头牛走快一些。他抬头往上看,感到有些眩晕。中年男子并没有看向他们,目光平视前方的山坡。他不太确信,男子是否会认出他,会不会等到明天,事情就在村子里传开来。他开始思索,他必须认清他,就算事后事情流露出去,他也好知道是谁传播的。他告诉她,要绕过去,看清放牛者。她拉住他的手臂说,不要了,没事的。说着眉头皱了一下。她并不是不担心,只是想心存侥幸一回,也许这次，他们回去，男孩们依然在篮球场打篮球，在村口榕树下学织毛衣的女孩们仍然在专心侍弄毛线。

他是被自己嘴角的冰凉和一种令人讨厌的腥味吓醒的，他猛地起身拿起枕头看，妈的。他骂了自己一声。他最讨厌的就是口水这东西了。

女生的口水是什么味道？他突然问我。

我对他摊开双手。

我知道女邻居们都认为我是一个花疯，我能感觉到她们看我时流露出的神情，她们在躲避我。所以这次，发生火灾，人们并不会对我进行谴责，好像这件事从来就没有发生过。她们倒是想起了别的事情，对过去的某天，我的某次跟踪，至今仍会令她们流露出惊恐的神情。

有件事，我还要同你道个歉。

前几天嫂子去买菜，我跟踪过她，我想去看看，被她摸过的菜品和种类。她身上肯定藏有某种气味，也许那就是家的气息。

我并没有感到惊讶，我确信眼前的男人不会给人带来危险。从他递烟的手势就发现，他缺乏自信，并且时常遗忘一些事情。比如先前他找打火机，把几个口袋摸了一遍，都没有找到。我给他点上后，正要给自己点上，他"噢"的一声差点把我吓到。接着他从左手手腕处，衣袖上的一个小缺口伸进去，掏出了火机，给我点上。

那是件相当时髦的外衣，这时候我才发现，并且从头至脚快速扫了他一眼。尽管他穿得相当时尚，但身上流露出的某种胆怯仍是无法掩盖的,从这里我开始辨别出,他和我实际上是同一类人,我们都缺乏安全感。

为了表示友好,事实上,我也接受了他的真情流露。

我把以前做过的一场梦当作笑话讲出来。

我故意说,今天中午你屋里起火时,我还深陷在一场与雨有关的梦里呢。我的意识告诉我,外面,点滴雨声。我明确知道我的心情仍旧容易受天气影响。我梦到牛群在空中飞,意识告诉我,它们在天上扑扇翅膀。仰头,牛群飘过。我拿起手机,拍下两张照片——牛在天上飞。

照片呢?他无比认真地问,问完他自己先笑了。

我们相对大笑。喝两杯吧。我说。

他的眼神在躲闪,他觉得先前的那场闷酒已喝得过于壮烈了。

我看着你喝就行。他说。

就在这时,他接到一个电话。

通话结束后,他说他的项链找到了。

酒裤的朋友打来的。他说。

他跟我描述他项链的模样,他的项链串着一只金色的蝼蛄。

我的脑袋像是被钝器击中了一般,请他继续说。

他用了不下十个描述蝼蛄的词组,我这才知道他说的是我小时候见过的小昆虫,原来它就是蝼蛄。最后他从手机上找了几张蝼蛄的图片给我看,确实是尖尖的铠甲状的脑袋,灰褐色的身体,薄薄的翅膀,有长短翅。从图片中即可看出这小家伙敏捷的身手。

以前我试着养过它们,但都失败了。他说。

前女友送我的。他说。

太难了,他继续说,我觉得人比蟋蟀好养,可多年来,我连自己也无法很好地对付下来。

这几年,不了解他的邻居都以为他是一个花疯,是那种遇到女生就尾随的。他说他确实跟踪过一些女生,那阵子他还没有去酒裤上班,无事可做,总得找些什么事情打发时间。她选择跟踪女生,往往,女孩们会在害怕中远离他。那阵子他陷入了某种疯狂的偏执里。

他说,并不是每一次跟踪,都会如愿以偿获悉她们的生活有多美丽。

他希望她们的每一次逛街,或者会面,都将是一个欣喜的早晨或者下午。他说他不喜欢上班时段乘公交跟着女孩们,多一个人,女孩们将拥挤一些。但他忽略了一个事实,即便他不挤上车,也还会有另一拨人相拥而上。帘城的公交车,早上你若恰好坐在最末端,或者站在钞票箱的位置,放眼望去,人头,全是人头。那真令人沮丧。

你发现没有,他说,你乘坐最后一趟公交,你恰好坐在最后一排的椅子上,你看看那吊环,像不像给人上吊的绳索?它们已经率先系好,就等人们的脑袋伸进去,对,我们会嫌它们小了些,可是只要努力,挣一挣,或许能成功上吊,这一材质的吊环足够牢固。

有时看到老年人们挤公交,我就悲从心起,因为我害怕面对这种境况。后来,我选择只在晚间工作,这个时段老年人少一些。在酒裤,无论我在哪一个角落站着,整个气氛都是青春的,迷人的,仿佛我也跟着年轻了起来。

昨天,我就是在那里见你和……

昨夜的姑娘,我突然对上曹孟德的下一句——何枝可依。

后来,凌晨三四点左右,我睁开眼,身边已经空了,我再没心情躺在酒店房间。叫上一辆空车,司机问我去哪里,我默不作声,而是一直盯着前方的道路,司机好像也有足够的耐心,他没有立刻发动车子。先随便走走,我说。

最后,白枣小区。我说。

门上有钥匙转动的声音,万晓霞回来了。

万晓霞看到二楼的男子先是一愣,接着发现我们手上的香烟,她开始放松下来。她看到我们在交谈,对他微微一笑,说,你好!

你好。他起身向万晓霞点了一下头。

抱歉了今天,他继续说,是我不小心……

我打断他,说人没事就好,我们现在不是好好的吗?倒是你,你的屋里该修整好一阵子了。

他憨笑说,不碍事,我也该打起精神来应对这些琐事,琐事能让人打起精神。

今天我来了几趟，你都没在家。

我递给他一支烟，他的手又开始发抖了。

我握住他的手，说我睡着了。以后有事就来串门，我补充了一句。

他看了一下时间，说该走了。

我后悔说出前面的话，但我没发现哪里不对。

也许哪天我会来和你借书，他说，十月总会过去的，他的语调开始低缓下去，继续说，今天我前女友对我说，以后早点儿休息，我都不好意思回复，我们明明才错开了十多年，却仿佛半生未见，我们的生活悬于现世的两端，更感伤的也许是，明明一两句问候就可以，我们倒是像失散多年的兄妹，是否相认也无关紧要。

你知道吗？喜欢的人越看越好看，自己越看越丑，世界就不会再好了。

他没有再说下去，往万晓霞刚才关门的卧室看，说，打扰了。

我送他出门，他在门外握住我的手，小声说，你会半夜醒来上卫生间吗？

很显然，他已把我看成相见恨晚的知己。

他语序混乱，说，我庆幸，踏足卫生间，我知道至少会在这狭小的空间，隔板上老鼠弄出声响，有唯一可以陪伴的声音。

可今晚，老鼠准被大火吓坏了。

它们还会造访的。我安慰道。

祝你好运。他说。在拐向五楼的楼梯弯道前,他靠向墙,以便清晰地看到我。

他再次朝我挥了挥手。

好运。我说。

庇隆湾

羊皮吃掉小筏艇,江河吃掉水流。

我在那里种植玉树,仍有贪婪的乡人想要与我分掉全枝。本来他们安排我走过场,我却将一首粤语歌唱翻了全场。你没有来,没能领略我的风姿,但这几天他们都说遍了。那真是一个疯子,人们夸我的声音。流传下来的,是他们远距离录下的劣质的音频。人头涌动,哪里像一个音乐会?

这儿没有谁需要谁,只有自己想要去做某事,或者莫名被安排在某一境域里大显身手,或者行走于这一境地的我们干脆是茫然无措的小孩。或许啊,我该提一提,一些别人没有留意的事物,诸如颜色、形状、大小、质地、轮廓、弧线、深浅、忧戚……以及飘忽不定的我们不曾把握住的回声。可我还是抓到过什么的啊,我右手绕过头顶来摸摸我的左耳,稍事歇息,我左手轻轻摸下巴上几日未除的胡须,谁想要在意胡须的情绪呢?我继续捏自己的下巴,像捏块缠绕伤口的胶布,或者一只刚出生不久的小狗脖子晃来晃去,你说是我的下巴晃还是手指晃呢?两根手指就搞定了。

你看,你忘了我说过玉树,我也忘了。我才不会重复去提它。我哪儿知道我要在达长种植玉树呢?至于粤语歌,谁信啊?我才不会将一首粤语歌唱完。

我又在这儿遇到一些人。

为了规避某个词汇,我不得不用一个模糊的概括性词组加以替换。关于这一场域以及人们对此的俗称,我早就感到厌倦了。讲述一个生厌的地方和遭际,意义也不大。可叙事这一行为,向来是谁都可以抱持决断的意愿的啊。

这是一个灰黑地带。(哪怕在这儿我遇到了女孩的红唇,甚至瞥见了女孩明亮的门牙。)她像极了某个影星,又或者谁也不像,她就是与我初次面见交谈的一个女孩。很难说谁先发现谁。但我事先在芦笙家听到她的声音,这是肯定的。

我拿出从河边捡拾到的石头给芦笙看。那是一张拥有鱼脸模样的石块。我曾将鱼头置放于我的书架搁板上,问过一些朋友——嘿,看到我的鱼了吗?一位心细的朋友端详出昏暗角落里属于我的那张鱼脸,留下三个字——斑海豹。我差点动摇了,承认那就是一只斑海豹,它侧对我张嘴巧笑的模样可爱极了。另一位贴心的朋友对着我的照片数了数可见的几十本书,说有三四十只鱼。我隔空向她击掌,退出我的网络空间。

珉。芦笙喊我。

我左眼皮跳动一下，左耳红了起来，像是因为羞怯而警醒。"珉"，水冲的一位长辈曾惠赐过我这一名字，它伴随了我只懂哭泣的幼年时期。

那时我刚从且卯上完小学一年级上学期，回村踏进院子前，芦笙用瘦小的肩膀靠着我家芦苇栅栏在等我，"珉"，他喊我。他知道他有一个弟弟叫"珉"，我们有着共同的爷爷。妈妈喊芦笙到家里和我玩，并对芦笙说，珉不叫珉了。接着对我说，朝阳，你和芦笙说。

我走到芦笙面前，将靠背木椅朝他转了一面，双手趴在椅背上对他笑。芦笙也抽来一把椅子，将靠背的一面朝向我，趴在椅背上。我说我现在叫"朝阳"，水冲的外公有天来小王寨，听到我的哭声，问我亲外公，小孩在哭呢？外公说，是珉在哭，真烦人，只有吃奶的时候不哭。水冲外公是外公的姐夫，妈妈让我也要喊他外公。烦人的爱哭鬼珉被抱了出来。水冲外公隔着一张椅子的距离盯着他，良久不说话。最后水冲外公以懂阴阳的身份开口——我忽略了一件事，水冲、小王寨、达长，我们这地方还缺好玉吗？一束阳光正照到珉的侧脸，阴影部分挂在他幼小的汗毛上，晶莹地拂动着，阴影吹拂着他幼小汗毛的幼小光亮。以后他叫"朝阳"吧，水冲外公说。从那以后"珉"就没再哭过了。

芦笙说，有这么神奇吗，那你的书名叫什么？

李向东。我说。

珉。芦笙喊我。

你对达长是什么感……觉？芦笙想问的是，我对达长的感情。

说不出来，每一次回来，除了我和芦笙亲近一些，其他外物与人事，我都是陌生的，熟悉的人和事物在变老，变远。

我会记起我第一次学赌钱的经历，以及小学时期装模作样写情书的样子，我说。你记得以前果园下有很多大石头吗？我问芦笙。

石头？

对啊，我现在还能看到我们父辈年轻时在这儿撬石头的情景，偶尔能听到炸药爆破的声音，看到引线着火时的烟丝与火星，看到他们挥动手臂锤打石头的模样……那时我们大概四五岁。

忘记了，我都不知道房子是靠什么建起来的，马，还有人力，它们离我们太遥远了。芦笙以一种模糊的腔调说。

我岔开话题，说，比结婚还遥远吗？

芦笙看了看在门口拆玩具枪的三个孩子。指了指坐在地上的老幺，说，也可以和他一样近。

他还差一个开裆裤。我说。

芦笙笑，说，小时候我们都不用吧？

也许一岁前穿过呢？

我们摸出橘子剥了起来。半小时前我们把一帮小伙喝倒了。看着他们相互搀扶着出门,我们眼里开始现出轻松的光亮。那帮小伙太疯狂。他们是芦笙的妹妹的初中同学,大多初中没上完便出去打工了。达长首次举办春节联欢活动,他们一帮人从其他村寨骑摩托过来观望,以看节目为名,瞅瞅女孩们充满生气的脸颊和飘动的过肩发。除了同学情谊,芦笙的妹妹义芬传承了布依族的好客精神,以前我们的长辈们相互遇到熟人,你不来串寨都要把你拉过来。

年轻气盛啊。那一帮小伙。同我坐一张长条凳上的少年问我名字,我说我叫朝阳,他马上喊我朝阳,来六拳。接着他自我介绍,众小伙相继找我和芦笙划拳。芦笙对我笑了一下,他知道划拳是我们的强项,纯喝酒想必我们不是几个小伙的对手。我们以前在地油坪上初中时,星期五下午要走路回家,三个小时的路程,马路边上的电线杆,一根电线杆与另一根电线杆的距离总是相等的,我和芦笙刚学划拳,谁输了便背起另一个人的书包,到下一根电线杆继续论输赢。

朝阳,我们以前的书包里都有什么呢?芦笙问我。

嗯?那要看去程还是返程,回家装书,去学校装大米和书。

那时候的铝饭盒堆起来真是壮观。芦笙感叹。

那时你就开始看课外书了。芦笙继续说,尤其武侠小说。

遗憾的是,当时到手的武侠小说往往有上册没下册,除了喜欢看,还有一个原因,逃避劳动。说着我笑了起来,彼时回到家,只要我手上有书本,哪怕我一目十行在看武侠小说,母亲也不会喊我扫地或者洗碗。

我从兜里拿出从河边捡来的石头,将桌面上的橘皮捏住,橘皮溅出的油雾给我的石头镀上一层油亮的薄膜,用抽纸略擦我的小石头后我递给芦笙。芦笙转动一下石块,这是眼睛,他说,还有嘴巴,像一只小动物的头部。再看看。我说。像一个鱼头。芦笙说。

我就运气的成分与芦笙倾倒个没完。芦笙看我话有些多,问我喝得没事吧?我说恰到好处。

后来那件白衣你带去筑城放置在哪里了呢?芦笙知道我听懂他指的是什么,他也知道我的羞怯。其实那件白衣,更多是一份与信任和关爱有关的信物了。

那次我是回来参加大韫母亲的葬礼的。

开堂前一天傍晚,芦笙骑摩托带我去河边。天空浮着绵密的黑云,我和芦笙赌我们的摩托骑到河边会不会被雨淋。我说我们穿过黑云,也许到河边就变换模样了,天气,我说。我喜欢颠倒着说话。

我们在帕墙大韫家参加他母亲的葬礼。本家中的几个青年在相互开玩笑,不要和我站一块,我们单身的不需要有对象的人陪。穿白衣戴孝是常见的丧礼仪式,白衣的来源在我们这边的布依族却有些规矩。前来祭奠的本家男子,结婚的或未婚的身上穿的白衣,要么是自己结拜的义兄送来,要么是媳妇那边或是娃娃亲那边送来。穿上的白衣件数多,则表明他至少有两层以上的关系。未婚男子通常是穿两件,即义兄家送来一件，娃娃亲家送来一件。已婚男子所穿的件数则更多了，岳父岳母家那边的兄弟家知晓，也要各送一件来。没有义兄或娃娃亲已先于他结婚的青年男子，则无人送来白衣了。我置身于双无行列，心想是要和少数青年站末排等着跪拜的。但我们各自都在心里打好了算盘，先是本家的几个单身兄弟同他们的兄长借来白衣穿上，芦笙自然也是早打算脱下一件给我穿。他拍了拍我肩膀，我跟着他绕大韫家的屋角走向他的摩托车。我们骑上摩托，向果园那边去。

芦笙在车前开口，在大韫家不好脱下衣服给你，被外家看到不太好。我们在芦笙家整理好白衣，喝了一口井水，继续跨上摩托。

回到帕墙半小时，我接到母亲电话。母亲说芩的妈妈打电话和她说，要给我送来一件白衣。我颇为震惊，来不及多说，母亲就在那边说了，人家是好心关爱你，你从报话的总管手里接上衣服后，带阿姨回芦笙家吃饭。母亲在沿海某个小镇打工，没有回来。这次我来大韫家参加伯母的葬礼，她是知晓的。此前在葬礼上，我遇到了芩的父亲。自然啊，我站在单身青年那一撮，离开堂时辰还有些时候，我们总不会着急穿白衣的，我们的娃娃亲们倒是早已先于我们结婚了。

朝阳、朝阳……

报话的总管以浑厚的声腔喊我的名字，我上前从总管手里接过白衣，并请芩的母亲到饭堂吃饭。其实我还应该多说一句，请阿姨到芦笙家吃饭。母亲不在家，我居然没有开口提芦笙家，实在是因为羞怯，哪怕我知道芩的母亲不会同我去，只是这必要的礼仪，我都给省略了。母亲后来与芩的母亲通话，致谢时说了一句，都不知道朝阳懂不懂事，会不会请你去幺娘家吃饭。芩的母亲说，朝阳很懂事。

芦笙不该提起白衣，说起白衣，事物就能飞起来了。你看，我们翻转一下手掌，房屋将移到另一边，消隐的不只是房屋了，连我们的语气也被回旋的叙事口吻取代。我们的眼睛或许看得更清，但语义只能更模糊。我们总不能恨眼睛，也不能对发烫的额头感到恐惧。

小伙们还在芦笙家的堂屋划拳，他们明明已经离去了。他们还端坐在饭桌上，手指丛林，飞鸟走兽，飞檐走壁的武林高手……他们手指晃动着的光晕，我有意放缓，他们的手指不得不在镜头语言下更换叙事姿态，慢动作，划拳，光线，手指出动的弧度，肌肉伸缩，皮肤变化……只有指纹无动于衷。

芦笙不时向朝阳这边看，朝阳大概是嫌右手上马的频率太多，他开始相信他的左手，果然，他左手五指翻飞的灵活度表现出让右手羞愧的气度。他自然是忽略了这边的一个说法，右手为敬。划拳最好不要用左手。但对于朝阳，一个左右手都可以打乒乓球的人，右手累了是应该出动左手的。明显，芦笙朝阳以二敌八，是该允许朝阳呼唤左手先生的。小伙们大概不以为意，他们忽略了一种与蔑视有关的小动作。我们上一辈的大人可是说过了，以常用手和人划拳，赐人饮水水瓢不倒握予人，递人剪刀务必将尖端朝己……很明显，现在这些功课该是被人忽略了，故而朝阳的左手拳风与小伙们打成一片。

你知道，酒喝多了，划拳总是会迟钝的，酒量再大的人也要被放翻。虽然芦笙已经替朝阳喝过几盅了。大家兴致高，朝阳也还面不改色。芦笙那边仍有两个人保持着战斗力，朝阳这边也是两个小伙在与他勾肩搭背。三人一副久别重逢模样，就差抱头而泣这道工序了。

朝阳说，我想起一个具有传奇色彩的故事。他看了一眼坐他左边的小伙，他是流水寨的。朝阳说，我给你们讲述一个故事。旁边的小伙举起双手迟钝地拍掌。故事和流水寨、达长有关。据传，我们的祖先来到这片土地时，有一只巨大的神鹰守护着，一直在流水寨、达长、紫塘、水冲、韦竹五个村寨上空盘旋。五个村寨是五个兄弟搬来生根发芽的，流水寨是长房，达长是二房，其余我暂时分不清他们谁是老三老四老五。神鹰垂亡之际开口说话，说要留点东西给几个兄弟，最后它不知道它身上什么是最珍贵的，于是深深叹了一口气，发出最后的悲鸣，望着老大点了点头。最后神鹰消失了，老大捧着一只巨大的鹰腿立于众人面前，骨髓已经随着清晨的微风飘至远方，鹰腿的骨髓飘散前变成一道彩虹架在流水寨与达长的山巅上，南北向跨越的弧线美得令人想哭，一些老人纷纷流下眼泪，少女们眼里藏着彩虹背过身去，她们想忍住不哭泣，却还是大声哭了出来。男人们坐在家门口抽着旱烟，守着彩虹，沉默无话。流水寨那位最年长的前辈，没有人知道他多少岁了，他捧着鹰腿来到他的儿孙面前,说以后清明就用鹰腿蒸糯米拜祭神鹰。老人找来锯子,坚毅的面容使他的手更加有力,一副骨质的甑子就这么做成了,人们遵从约定,每年的清明节轮流用它蒸糯米饭祭奠神鹰……

后来呢?流水寨的小伙擦着迷蒙的双眼问。

朝阳喝了一口酒,说,甑子在古时的一场大火中被毁。

流水寨的小伙举着一碗酒,率先喝了下去,朝阳来不及倒酒,他是想同小伙碰上一碗的。

我们失去了什么?小伙问。

如果我们失去一种语言和亲情,我们大概还剩一条失踪的开裆裤。朝阳说。

朝阳,困了就去床上睡吧。芦笙拍我肩膀。

我听到芦笙的老幺说,叔叔喝醉了。他举起玩具手枪在远处瞄着我,嘴里说,piu piu piu……

我的背后,一双鹰眼,用不该有的慈爱的目光敲击我的脊柱。像是我的脊背因为不争气,委屈了应有的弧度。我突然想起来,我今天来芦笙家没有戴护腰。一些耻辱感开始浮现。

我仍对那天上午去医院拍照心怀芥蒂,在做脊柱左右弯曲位检查时,腰带褪至大腿,站在那儿像受难的耶稣挂在十字架上任人观望,或许是考虑透明还是其他,但绝对不是为了艺术,摆放仪器的房间,墙上镶上玻璃,一排女生在等候拍照,她们或许因为哪里的骨头或者组织不太好。

我打开音乐播放器,找到 *Like Sunday, Like Rain*(如晴天,似雨天),点击播放。

我对芦笙说,惭愧啊,几年没锻炼,运动过度,腰椎侧弯了五度。

我说我还想将电影再看一遍,或者写一个同名小说好了。

朝阳,芦笙叫我,坐久了不好,去床上躺一下吧。

考验智商的东西还能持久吗?我问。

得做点不需要智商的事。芦笙说。

不不不,说点不需要智商的话。我说。

比如喝酒。芦笙说。

比如梦话。我说。

我在芦笙家路口遇到芩。芩看我笑了一下,说,你是不是喝醉了?我是不是该叫你哥?

就叫朝阳吧。

我也不喜欢叫人哥哥或姐姐。

说到喝酒,有次我做梦……我说。

你说做梦挺搞笑,你怎么知道我们的相遇不是在梦里呢?芩说。

咳,哪有这样捉弄我的梦境。我继续说,那场梦的内容,说有段时期,大概是我八个月大左右,我妈带我去外公家。适逢缺水,男人们以酒代水,或者渴了就吃一把豌豆尖。你能想象吃花生下酒,或者吃一把生豌豆尖的样子。我在外公家的院坝遇到很多人。我妈妈在卧房里给我喂奶，毕竟她知道，我只有在喝奶时才不哭。亲人们都头疼，有个爱哭的小孩真是够吵的，总不能打小孩吧。那时候我爸爸被叫去州府参演一个退伍军人的活动，我爸枪法极准，被县里给喊去了。我妈妈说缺水的天气，怎么可能有奶呢？但总要哄一下我啊，明知没有奶，我妈在故意逗我时对我说"吃饭啦吃饭啦"，如此，我听到这三个字，就能条件反射咬母亲的乳头，能喝个一小口。母亲后来与我说起另一件趣事，说我和长我一岁的兄长各分一只母乳，方言是"吃奶奶"。母亲说，小时候我和哥哥各抱一只啃。幼时的我问，那我们家外公那么多，太婆（外公母亲）有很多个"奶奶"吗？

你确定不是在说梦话？

我的母亲那时也正是一个年轻的母亲，我好像听到我吧嗒吧嗒嘴的声音了。

可我没看到小孩啊。

我也没看到小孩，只是通过我妈妈的叙述，隐约听到小孩吸奶的声音。

所以你只是借用一下叙述之声，向我倾倒你的童趣？

童趣？若真是这样，那我情愿在梦里不要醒来。刚刚我去参加了一场葬礼，通往水冲的路，看到惠赐我名字的外公停在通往水冲的那条马路上，他站在路边撒尿。我没有喊他，我不确定我是否真的认识他。我俩擦身而过。我从一片黑云下穿过，我感到口渴，向一个空房间走去，那里有一块活动门板，我将门板卸下来作画。最后再把门板转过来，灰黑色的门板开始有一点和其他颜色有关的东西，这一刻我想起一个词，"体面"——我觉得，我们的世界相当体面。

你怎么会路过芦笙家院旁呢？我问芩。

我听到你说我坏话啊。

算了吧，我几时说过你坏话？

你当真不知道我们的父母想撮合我们？

可我们都没见过是吧，我哪知道你会不会厌弃我的无趣呢……你看，此刻我刚从一场酒局中抽身。

在老家就是这样，你不和大家喝酒显得不好客，再说你也不差那二两，二两酒的量是多少，二两能醉人吗？

你一直在等我吗？

听说你还带上我家给你的白衣去筑城？

我不知道怎么回答你。关乎礼仪的东西总能令我缄默。

实际上它的象征意义并非只是礼仪。

我知道，是信物。于我于你，是一种牵强的信物。

所以呢？

所以我就算站在你面前，你也不认识我。我也未必真的遇见了你。

咳，真的是酒喝多了啊你。

没有呢，我刚刚还和芦笙去捉鸟了，我们穿过浓云，在一处峭壁上追寻它的踪迹。我们在抓一种叫"加娃"的鸟，它的声音有些尖利，像孩子生气时发出的喉音。事实上我们布依语中没有这种名字的鸟，汉语里也没有。后来我们还在一座山头遇到一座古墓。

你倒是开始编故事了。

哈,是河岸正在受刑的女子的母亲的坟。有人找来一个与该女子面貌一样的女人,是她的孪生姐妹。但女人来到墓前就消失了。镜头换成我在古墓前评价墓的造价——电影成本也太高了吧。我说。继而和芦笙审视墓碑上的字。最后我在墓前挖到一颗火球,球体通红,我一脚把它踢下山,我们村的左边角落起火了,我们都在往另一边的村道走。

所以,你们在去捉鸟的途中背对火光了。

是的,我们还将赶往山上的水库,我们拼命向水库赶,路面极滑,石料铺就的斜面在坡上现出水泽和青苔的光亮。我知道我爬不上去了。我们遇到很多放弃的蚂蚁,我是说,已经有人先于我们找过水库了,他们凭倚蚂蚁群体活动的姿态向我们滑过来,他们说路到顶了,根本没有水库。朝我说话的人,他的平衡能力超级好,一滑就滑到稍微平出几步的边缘上,没有护栏,下边是山崖,崖下是深湖。没有成功滑到窄小平台处的都掉下去了,但他们都会游泳。我也准备好了掉下去的可能,但我担心水会袭击我的鼻腔。

看你说得真累,就不能说点轻松的吗?

嗯,后来我们看到被我们灌醉的那帮小伙,他们长大了,有几个去打工后回来上学的人也都毕业参加工作了。他们像是被谁将脸面粉刷过一番似的——我得想一个词——体面——他们相当体面,酒桌上是一种瓶身奇特的酒,桌上的一个青年向同伴介绍这款酒,瓶身是以古玉琮之形设计而成……我们隐约听到"三百石"三个字,大概是酒名。其中两个青年在讨论象征和拟真的意义。长条凳这边的两个人在玩对话艺术。青年 A：只有肥肉一块，你吃吗？青年 B：吃。A：掉地一块。B：吃。A：肥肉断腿了。B：吃。A：蟋蟀抱人怀中。B：吃。A：蟋蟀饿死了，你还能吃蟋蟀吗？B：吃。——这是一项没完没了的游戏，参与者全凭耐心坚持。

磕磕绊绊。

什么？

你说的，就没有一个故事是完整的。一个人物来了，又消失了。你所造就的不过是虚实的相互背对。

但他们总是有逻辑关联的，我的某个词汇，或者先前我提供的一个影像。你看，意义就是忽略意义，忽略意义就有意义。

我呸。

等你想清楚了就来找我。芩说。

这些日子，说过的话，做过的梦，正如我们清洗……或者干脆换了被罩，回想起来我们使用过的语言将不那么光滑了。

睡太晚或起太早，我都不敢看向镜中的面容，只能眯着眼睛看一下脚上的人字拖或毛拖鞋辨认季节，我们理解，花朵何曾忍心观望自己的蔫塌与颓圮呢？

喝酒，我们以为我们赢了，其实我们输了。芦笙说。芦笙递给我一碗青椒肉末面，此前他调制了一锅汤，他将整张青菜叶铺到汤里，并快速用筷尖压青菜叶接近精心调制的油汤底层，复又抽出筷尖。

我翻了翻我的手指，说，其实我无法规避一个词语，哪怕我借用了灰黑这一色彩，跋山涉水的滋味不好受。最后我在四周都挂着漂亮衣服的女生宿舍楼空地找出路，后来艰辛爬山，我不知道自己为何一直用指垫抓地而不用指甲，如果我像四肢动物一样，我的指甲一定非常坚利。

滚蛋吧你。芦笙嘲笑我。

我最后向芦笙说了一个细节，我和他去抓加娃的地方叫庇隆湾。那只哀伤的鸟儿受困于一个门型笼子。它知悉人的行迹以及善用鸟类的智慧，我们之所以找寻不到加娃，是它率先隐匿了自身，它知晓神迹所有秘密，实的背面是虚，阴抱阳，可偏生有人缺失爱意和眼泪。加娃卸掉自己的一只右腿，并劝告骨髓，只能以彩虹的姿态出没于人眼可视的行迹，一些与祭拜有关的词汇，终会升腾，令人动容的不再是可视的美，可闻的美，或如犬乞尾，或如，噪鹊起声。

最后呢？芦笙不怀好意地看我。

我果断说，最后我吃完一碗我兄长精心制作的青椒肉末面后我就滚蛋了。

走出灰黑地带，我像是一只崴脚的瘦狗，偶尔回看身后有没有人攥着石块。

我最后抱守的秘密是，我不过是个与年龄错开的人，时间在走，自己变慢。可是人啊，必须把自己当回事，不是往颓丧陷进去，而是尽可能睡好。

我与芩在黑灰地带的会面，从爆竹声响起时我们就分别了。我回头，烟火通明。我朝她离去的方向喊，芩，谢谢你的口红，还有耀眼的门牙。芩话音渐弱式撤离，我们第一次见面，尺度就这么大了吗？

芦笙家老幺走过来拿他的小碗碰了一下我的大碗，他将青椒拨靠碗沿，心满意足地喝了一口面汤。我摸了摸老幺的寸头，看他掉头摆下碗筷。

我略笑，山顶的意义，不是蒲苇和高处。

白天不熬夜

我在像"7"这一构造的过道里穿梭,人们可能在开某人作品研讨会,或是上面有人来办公地点调研。人群熙攘,没一个人认识我,我也没有必要跟谁打招呼。我决定下楼梯。在"7"的内角处我碰到躺在地上的孩子。他发高烧,很难受的样子,时有抽搐。我默默抱起他,没有任何重量。没有谁前来帮忙。凭着印象,我抱他去临近的山上,我应该救他。一个穿黑色衣服的老妇人何时接近的我,我并未觉察到,黑影形如一根粗壮的黑色竹笋立身探头,化作人形,出现在我面前。她的沉默像根手杖坚实地甩尾过来,她带我走向那个寺院,途中拉着我的手反复告诉我,那里有个僧医。我们匆匆忙忙向寺院走去。她没有一句安慰我或者安慰小孩的话,到寺院大门前她停住脚步,扯住我衣袖不放,说老僧看病不要钱,你把十五块给我,我二话不说给了她一张二十的。踏进院内,老僧肚腹被巨大的龟壳包裹着,他站立在我面前揉着指头说，意思意思。我让老僧抱着孩子，孩子立刻从我手中弹出，变成一条黄鳝。接着黄鳝长条形的前躯弹出一只壁虎，它们连在一块，壁虎剧烈地摇晃着脑袋，挥舞着脚爪。我把兜里的钱挨个掏出来，面值较小的揉成团的纸币攥在我的左手心。我默然无话，妖僧也有足够的耐心，他手中的黄鳝以及壁虎越来越躁动。我真切感受到自己脊背发凉，一副逆来顺受任人宰割的样子。我们周围一片漆黑，只有壁虎或者黄鳝还在不停动弹，妖僧退到黑暗中等待某种于我来说是危机的契机。

孩子不救了？守在寺外的老妇人截住我。你应该哭泣，她说，或者讲故事给我听。你讲得让我满意我就把钱还你。我摇摇头，我什么印象都没了，为什么到这儿，这是什么地方？老妇人叹了一口气，我是你祖奶奶也是可以的，可你祖奶奶不会这般逗你。说吧，正好我想听一些故事，我太闷了。人就是一阵烟，你这会儿见到我，下次——下次不知道是几百年后了。老妇人一直催促我快一些。

我有什么故事？我有点生气。

我出了一趟远门。我找谁，不知道，要找村里一个教过我的老师？村里我还能信任谁呢？后来遇到芦笙，芦笙是我堂兄，我们上初中时睡过一张床，他真诚并且有些担忧地向我倾诉他的第一次梦遗经历。我说不用担心，精满自溢，这是健康的。影子向我走来时我拦住他，我说你是谁。他说他是芦笙。脸单薄得我都不认识了，只有脸型和声音还像他。

你帮我藏这一两千块,我一个月用了四千多,心情不好。我说。别说四千多,就算一万多也是他们的,真的好相似,我也是这么个情况。芦笙说。哥哥不知道我为什么出来,我只是心烦了就出来走一下,出来哭一下的。家里就只剩我和哥哥了,父亲几个星期没有归家,在山上度日。母亲,母亲出走了。我现在越来越怕他,我不明白,为什么我们要在屋里一直待下去。我难得回来,一回来就发现他自我禁闭。他说,我们就是给人打工的,生命的存在没有任何意义,我们的时间应该完全用来陪伴自己。这些话,我从来没有听哥哥说过。除去少年时期我们一起玩耍的时日,长大后我们分道扬镳的日子,通话间最频繁的用语也只是——好,就这样,就这样,好——之后我们就挂电话了。无业游民,赌博成性,这样概括哥哥的生活状态再恰当不过了,他彻底扔掉在工厂带班的工作,跑回来以赌博为生。白天睡觉,晚上出门。白天,我们的房屋被一切亮色光线拒斥了,所有暗色的东西处于混沌状,将瓦房包围着,哥哥的被子不止一次掉落,我走过去给他盖被子,他睡觉的时候总发出老鼠咀嚼食物般的声音,那种声调还带有某种窃喜的意味。

　　这几天我都是趴在房梁上睡。天黑了,我掀开瓦片,看到几颗星星,有些耀眼。我把瓦片一角掰碎,朝一颗星星扔去,被它旁边的另一颗星星射出的一束星光击落,星光像掷向远方的刀片,发出轻微的震颤声。我将身体收缩,蹿到房顶上,一只母猫坐在房顶的另一端,警惕并且哀伤地看着我。母猫翘起尾巴,动了动两条前肢,我的耳畔飘过猫刮门板的声音。喂,你在磨指甲吗?我听到声音了。母猫伸了个懒腰,向我走来,蹭了蹭我的膝盖。我盘腿坐在房顶上,星光发蓝,母猫靠着我,它也和我一样抬头望夜空。喵——母猫轻叫一声,撒娇,坐到我腿上。我抚摸着它冰凉的脊背,我手上的温度也好不到哪儿去。我将它抱起,抵住我的脸颊,它发出了类似于打鼾的声响。我说,猫啊,你吃饭没有?它眼睛睁开一半,又闭上。我脱掉外套将母猫裹住,放在我昨晚趴着的房梁上。我得去办事了。我说。

我在去往果园的路上遇到芦笙。我差点就认不出他来了。芦笙说,太累了,好不容易回一趟家,很多事情想不通,我们每天都要吃饭,不吃饭就饿死。最难过的不是这个。我说。是什么?芦笙问。每次上厕所我都无比绝望,我们的生活不如意就算了,还要闻屎的味道,每次蹲厕所,我都感到很伤心。芦笙瞪大眼睛看着我,他确认我的认真后开始沉默。

芦笙蹲在土路旁,背对我,前面是一条乌黑的干沟。芦笙说,我们的一切,都是别人的。你还记得那个外公吗?姓王,我们祖上的一个太奶从他家来,她娘家那边的后辈,有被我们叫外公的,有被叫舅舅的,还有几个姨娘。我很久没见到他们了。在外打工这么多年我们就没遇到过。你还记得那个外公死前的模样吗?我亲眼见他断气。我说。说来听听,我好奇人死前都是什么模样。有哪些呼吸是要走下坡路,有哪些呼吸要攀楼梯,有哪些呼吸要在云上盘旋……朝阳,你的脸色不好看,你是不是生病了?我没有回答。孩子们好吗？芦笙。我说。我一直叫他名字，我们同岁，他只比我大几个月。奶粉，玩具，自行车，电瓶车，上学，补课——粉末，铁制品，抽象事物，他们需要的东西逐渐升级。我现在想休息一会儿，我几天没吃东西了，不想吃，有时候吃饭令我伤心，每天按时吃饭更让我伤心，挣钱没有意义，吃饭让人伤心。我这次来是要找你，刚好在路上遇到，你就像没看到我一样，我要是不和你打招呼，你是不是就当作没有见到过我？你不抬头，不看身侧，我和你错过了怎么办？我要是和你一样，低头走路，只知道走路，我去你家准要扑空。

　　芦笙转身递给我一根烟，我接上，他点起火柴，我吓得滚到沟里去了。芦笙用一根竹子把我掀起来，轻轻一挑，我弹回路面，摇摇晃晃。拿好，芦笙说，不要怕，火柴是个好东西，我不喜欢用火机，嗞嗞的声音后火苗就跃起来，这样有趣味一些。我刚才落到沟里时，右手碰到一块大石头，有些疼，右脸颊却是奇痒无比。我伸手一摸，有深深的刺痛感，伴随着阵阵瘙痒。碰到毛毛虫了。芦笙说，他伸过脑袋向我倾斜，快点，把它们蹭掉。我双手按住芦笙的肩膀，用右脸去蹭他浓密的头发。小时候我不小心摸到毛毛虫，我也是将手插到土里，再把伤处往头发上蹭，痛痒减缓了，有毒的毛发不知道去哪了，应该有一部分还留在肉里。我握着芦笙刚才把我掀起来的那根竹子，不断摩挲着。昨天还是今早，我没印象了。时间应该才过去不久，我的左腋下仍然有什么东西梗着。那是适才，我夹着一个米担子去算命，就夹在左腋下。我走到两个布依族姑娘跟前,两姐妹,她们没有用头巾盖住头,妹妹一脸关切、诚恳,她长得像一个我见过的姑娘,也许就是我以后妻子的模样。她们拨弄火堆,炽烤我的双腿,腿毛好像被烤焦了。姐姐对妹妹说,把火弄大一点,不大不小的,我都快要打瞌睡了。妹妹说,姐,先给他看手相吗?不用,姐姐说,你看他这扁担,就一劳碌命。你怎么可以在别人面前这么说?姐姐你快别说了。你心疼了?我和他有什么关系?他怎么害死你的你忘了?没有,那不是他的错。不是他的错?他要是那会儿会游泳,你会死吗?姐姐你记错了,是我们自己落水的。他怎么一动不动,内疚还是傻了?姐姐贴近我的面庞,我能感觉到脸上细小的茸毛竖了起来,一丝冰冷的气息扑过。我像一条死蛇蜷缩在火堆旁,说不出是准备安逸烤火还是真的变傻了。少年时的那次溺水,水只到我腰部,可我把头埋在水塘里不知道该用多少力气抬头,我快要窒息了,一条泥鳅亲了我一口。我被那种突降的温和感唤醒。我抬头,哥哥像什么事情都没有发生过一样,怎么样,你能在水里闭气多久?哥哥心不在焉地问。实际上他也在担心,回去怎么跟妈妈交代,我们瞒着大人到水塘玩。妈妈仓皇失措地在村子里奔跑,一路喊我和哥哥的名字,朝阳,朝辉,朝辉,朝阳——听到最后,都不知道她先喊了谁的名字了。朝辉和我的屁股被妈妈打了十几个巴掌,有点火辣的感觉。他动了,叫醒他还是让他再休息一下?妹妹用眼神向她姐姐问询。哼!姐姐没有回答。太热了,我的手腕被火星烫了一下。妈妈以前曾用绳子捆过我。

那次我和哥哥打架，我们一周至少打两次。我想挣断麻绳，怎么可能呢？手腕处传来的就是屁股挨揍的热辣的感觉，只不过这种疼痛感更加结实，也更加短暂，仅此而已。

我们回到家，当天晚上，吃完饭妈妈还不忘教训我们，死了才好，说什么都不听，不是打架就是去玩水，别家孩子怎么就那么懂事？你们打架怎么不出去打，怎么不在寨坝上打给大家看，啊？打架，玩水，一天喵呜哇啦吼，你们把脸藏哪了？接近凌晨了，我抱着哥哥睡，可我睡不着，我要想些什么才能睡，我不知道一躺下就能睡着的滋味。她们的哭声又在我耳边响起，我把哥哥抱得更紧一些。白天，那个水塘，布依话是"潢哪牢"的音，"哪牢"是那片田地的名字，"潢"是针对水塘说的。

你不爱说，我也不拦你。你说你在帘城上班？你真以为是你带孩子来看病？是小孩带你过来的，他姓黄，叫黄善虎。师傅把他收养在后山，每一个阴天的傍晚他都要穿草鞋从坡上下山，用草叶编出一尺厚的坐垫，从坡上梭下去，有时也顺着陡坡滚下去，滚烦了就把脖子扭断，把手指扔在路边。经过河边他都会朝河流流向跪拜，磕七个头。这有点像你家祭祖时你妈妈总是点七根香。你们是不是很喜欢"七"这个数字？你家现在过节就没人点香？你妈妈呢？你爸爸总该在家吧？你哥哥呢？我知道每次你妈在偏屋的砖灶点燃香，要么叫你爸上香要么叫你，三支插在神龛竹筒香炉里，一支插在供阴阳先生的神位前，一支插堂屋神龛下接近地板的竹篾缝里，称敬土地。还有两支，分别插在砖灶边和大门旁。香的味道很好闻对吧？我很喜欢。你知道吗？芦笙回家了，他说他要去你家找你，你这会儿去果园能在路上遇到他。你是不是还有一两千块钱，藏在哪里你好好想一想，二十年前你第一次藏钱的时候，把那一角钱塞进石墙的某个缝隙，后来你忘记塞在哪个位置了……

黄善虎每天跑去河边跪干吗？我问老妇人。谁知道，他喜欢呗。那他没头了还拜什么拜？噢，刚才忘了告诉你了，他犯了一些病，具体什么病我也说不上来，就是和忘事与无聊有关，他想起脑袋扔哪了才又折回去捡拾安上，手指也是沿着来路找寻一番，如果顺利，他很快就会找回原来掰掉的手指。通常，他扔手指前都会生出一丝疑虑，他也害怕找不回。有几次，他找不到他的手指扔哪了，就坐在路边大哭，到深夜，他师傅从水缸里听到他的哭声，从山上直立翻滚下山——就是那种头脚着地的翻滚姿势，知道吧？确实让人心疼，他害怕回去见到他师傅，他师傅会一直盯着他，不说话，也不问他的手指扔哪了，干吗掰断手指扔着玩。你也能猜到啊，就是这样，老僧滚多了也会觉得无趣，后来就不再管他的徒弟了，是徒弟吧，要么是养子。说山上的事干吗呢？说说山下的事情吧。你和芦笙几年没见面了？五年？有这么久吗？

芦笙也挺让人心疼的，有三个孩子了，三个都是男孩。这次回来，是听从他妈妈的意见，回家看看犯了什么，怪哪里。你幺娘打算带他去桥边看看，桥边算得可准了。芦笙为什么总是不想吃饭？就在昨晚，他已经昏迷了，怎么叫都叫不醒。喊寨子里的仁先给喊魂，仁先是后辈中把这技艺做得最熟练的一个了，却也没有办法。你幺娘只好自己"立筷"看看。用三根筷子放在半碗水中立着，这会儿她倒不着急了，她知道筷子总有立稳的时候。是王家外公念到芦笙，您老人家就站着啦；是罗家姑奶挂欠小儿，您老人家就站着啦；是从萧家岭来的太太回来，您老人家不要轻言，老人家挂欠孩子受不了，是您老人家和孩子问话您就站着啦；是和太公结为义兄弟的苗家太公和孩子说话，您就站着啦；爷爷在世时总是护着芦笙，是您老人家回来看看您就站着啦；不知道是哪位亲戚，还没到过节就来串门，我念到名字您老人家就站着让我看看啦……

你猜不到吧？你幺娘念到你名字时，筷子就自然立起来了，对，你心存疑问也是合理，你幺娘每回都把筷子顶端涮一下水，到你这儿刚好立住。你就不好奇，或者稍微怀疑一下，是别的什么原因？你幺娘说，朝阳小时候经常和芦笙去河边玩，冲撞哪里，哪里就给个提示啦。这下倒好，只是提起你名字而已，不过这有什么呢？像你这般年纪，噢不对，比你还小，小很多，十岁左右，我经常做梦，梦到比真的事情可怕多了。想听听？你不用担心，你幺娘只是念起你名字而已，不碍事，没有对你做什么。我那会儿的梦，相信有部分也是你们经历过的。梦境中，天空下起了一种像雨一样的东西，发出嘶嘶嘶嘶的声音，但更像针尖，绵密的针尖从天上刺下来，也许起始时段，它们大一些，如钢钎，如铜柱，又或者是，起先它们如针尖一样细小锋利，扑到你眼前时，愈加放大，你的眼睛在躲，你恐惧的双目紧闭，眼珠在紧闭的眼皮下滚动……还有哪些，我们的梦境会是雷同的，你告诉我。小时候我也怕，害怕梦到彝族的老妇人，害怕梦到妖气的和尚……我妈妈说，梦到彝族人，尤其是彝族的老奶奶，就是见到自己死去的祖上亲戚。我倒不是害怕她们会把我怎么样，每次梦到她们，她们都想要把我抱住，或者背我到什么地方。我拼命跑，就是迈不开步子。有时我正沿着石墙走，就看到她们了，她们张开怀抱，或者默不吭声在远处，在一旁看着我。我当然要跑呀，可就是跑不动，我想要开口喊，也发不出声来。好不容易跑脱了，却还是说不出话，看到寨子里的熟人，想要喊他们帮我一把，与他们同行，可你知道，这是不可能的，即便旁边就是自己的爸爸妈妈，你也喊不出声来。

"潢哪牢"你知道吧，你听说那里淹死过一对姐妹吗？大的十二岁，小的十一岁。人有时候就像一只蚂蚁，一只只蚂蚁。人如果当初不把自己称为"人"，应该可以叫"蚂蚁"或者其他，但"蚂蚁"这个符号也有可能不会出现，或者不会适时出现，"人"还会是"人"他们自己，但不一定会想起，噢，我们是"人"。我们就像一群蚂蚁，彼此陌生的蚂蚁。我就在你面前，你也正好经过我身边，可我不知道你的名字，就这样，一个个"你"从我身边经过。

对了孩子，你知道你在帝城的时候，那天爬黔灵山，你从山上被猴子推下山去吗？好好好，你只是落床了，我是骗你的。

　　姐姐，他好像醒了。
　　两位姐姐，这是哪里？
　　扑哧，他叫我们姐姐。
　　别和他逗。这是桥边。
　　我来桥边做什么？
　　谁知道你。

　　你们像我见过的蚂蚁。我说出这句话，那位妹妹脸上露出了愁容。为这，我姐姐刚才还怪过你，她说你见死不救。你们是说潢哪牢？那次我确实听到哭声，声音从水底传来。我把脑袋伸进水里，我不敢在水中睁开眼睛，我害怕，只能用耳朵去听。哭声愈加凄苦，我不能犹豫了，猛地睁开眼睛，没有我想象中那样，眼睛并不疼，在一层层透明的暗绿色液体包围中，我看到两只蚂蚁在水中挣扎，它们逐渐向深水区陷去。救我，我听到声音，可我不会游泳。

　　这不怪你，妹妹说，我们现在不也过得很好吗？这里是去桥边的必经之路，信得过我们的人可以找我们姐妹俩算算时运，算算姻缘。那年我们深陷潢哪牢，我们也不想哭，可在水里待着实在太冰冷了，那儿就是一个水牢。我们要筹集八百一十个人的同情的意念，才能解脱。太难等了，我们足足等了三年，并不是每一个人都能接收到我们求救的信号。每年夏天都有一群群孩子到潢哪牢玩水，要是其中有一个不会水的人把我们捞上来，我们就不用等那么久。会水的把我们捞上来这不算,我们还会被踢进水里,要怪就怪我们落水的时辰不对,泥鳅产卵时节,因为我们的缘故,水塘被搅乱了,它们没个安宁日。我们受到惩罚也在情理之中。可这有什么关系呢?这都是命运,这是我们姐妹需要经历的劫难。

你拿起扁担,这是要去哪里?姐姐开口。不知道,遇到你们我就在你们身旁坐着了,我可能走了很久的路,很困,就想歇一会儿。我的后脑勺有些僵硬,脑仁时有阵痛感,我就想和你们在一起烤火,也许我可以好好睡一觉,然后继续赶路。也许我走错路了,我应该是要去找我堂兄,或者是其他人。我们寨子里,我一个也不信任了。有没有什么办法,一眨眼我就可以回到来时的路,从某个路口走回去,我从哪里来,就可以回到哪里去?可能是我睡觉时没用枕头,我好像是落枕了,我记得我身边还躺着一只猫,今天还是昨天早晨,我真的忘了,好像又是某个大白天里。我真的什么都记不得了,你们可不可以帮我看看,能算最好了,我害怕和你们道别后,我什么都记不得了。

只能自救啊。你犯的事不太严重。可既然一切由你开始,你生命历程,某一个按钮脱落了,自然得从你的记忆开始补救。你闭眼试想一下,现在有什么东西可以刺激你?我无法闭眼,却开始盯住姐妹俩的胸部。姐姐脸上现出愠怒之色,右手握住我放在她身旁的扁担,被妹妹给按住了。妹妹用眼神指了指我涣散的眼神。姐姐轻呼出一口气。我脑子里出现棉花的形状,小时候我在小王寨的河边,第一次见到棉花,我的姨娘们在欢快地摘棉花。晚上睡觉,我私藏几朵棉花放在枕头下，有阳光的味道。我开始闭上眼睛，发现其中一条去往达长寨口的路。

大年初一，达长一年一度隆重的出行祭神时段，途中经过一片橘子林，村里的老先生，有声望的长辈以及大量的青壮年都去了，四散在大人们中间和周围的是一群小毛孩，少年朝阳是其中之一。这天，他路过那片橘子林，被橘子花香吸引了，自甘落于人后。他一直注视着某一朵橘子花，眼睛一点也没有眨，这期间一只蜜蜂飞过来停在那朵花上，他笑着看蜜蜂，看花朵。透过花朵，一个朦胧的身影慢慢朝这朵小花走来，越来越近，越来越清晰，是一个漂亮的姐姐，他看清了。陌生姐姐面无表情地靠近他的方向，从她身旁走过，消失于那条他适才经过的林中小道。他没有回头看她。少年朝阳注意到同村的姐姐，胸部看起来是那么绵软，因为同村姐姐胸部的存在，仿佛整个世界都是用棉花做成的。

同村姐姐走在回村的路上。少年朝阳无心跟随大人们出行祭神，且随同村姐姐走回村，仍旧是一百米的距离，走走停停，走走停停。

起风了。哥哥起床有一阵了，在砖灶那里拨弄着，火早就熄灭了。

他把火钳丢在一旁，上竹楼，把一袋苞谷核丢到堂屋。火燃得最旺的时候他把精块煤错落搭在上边。这些煤块，发亮发亮的，妈妈以前说，这是我们家买得最好的煤块，以后留给我结婚时烧。哥哥在发呆，他可能有些饿了，整个白天都在睡觉,不饿才怪呢。哥哥自言自语,有人在哭。他朝着墙壁走去。你想去安慰他。首先你得忘掉自己的事,忘掉"难过"。他在墙壁上哭。哥哥用耳朵贴着砖墙。你看到了吗?哥哥问,他紧贴着墙壁,双脚拒绝任何支撑,指甲陷进墙壁。哭声从他的发梢传来。他的影子开始发白,哭声照亮影子……你想在他躯体完全陷入墙壁内前,拽住他的哭声,这无异于一场抢救。你截获他的哭声,他顽固地拒绝你,溜进墙壁的怀抱。你抓住的是什么?你紧盯着哭声,它也在看你,闪动着它略有僵硬的触角。它的双耳,在等你说话。你的难过不见了。它说,别人的悲伤来了。

哥哥继续自言自语。

其实赌钱只是一种消耗生活的方式,我们很多时候被生活消耗着,反过来,我们就不能主动消耗生活一次吗?我也不喜欢赌钱,以前在厂里,那时候下班最热衷的事情就是邀一帮青年,大多是没有成家的,我们聚赌并不在乎输赢,即便如此,我们谁都没有真正赢过,赢了的去酒吧几趟,就没了。我们赌钱,实际上是轮流看钱,谁赢了谁负责那几天的吃喝玩乐。我们一个个是穷光蛋,可是我们对这乐此不疲,还能找到其他更好的消耗方式吗,谁能告诉我?

朝阳,以前你问我,是不是在赌钱,我从来没有承认过。我害怕你伤心。可每一次问你要钱,我心里都有着巨大的负罪感。我不应该让你承担……你总是对我说,好好规划生活,生活还是可以相信的,我们一起努力。就算我现在答应你,明天立马出去挣钱,你能出现在我面前?你倒是回我一句话看看。外面风很大，朝阳，这让我想起十七年前，我们跟随妈妈去帽坡基锄地，临近傍晚，要下暴雨的节奏，暴风雨就快来临，经过横岗鞍，风大到什么程度，就算我俩抱在一起，风也能把我们吹飞，就像那头老泊寨的牛，它在山顶优哉闲逛，突然来了一场大风，把那头骄傲的公牛给卷走了。妈妈用她几近一丈长的头巾拴住我俩，系在她腰上，顺着横岗鞍的土坎走，风从汪海方位扑上来的，妈妈不能走山冈无比光滑的土路。下了一个坡坎，顺着坡坎走回家。那次你我吓坏了，脖颈快缩到锁骨往下了，我这么说你是清楚的吧？妈妈今年有些心事，重返沿海那边打工去了。爸爸也有些心事无法释怀，住到帽坡基上，自己搭了个草棚，他在山上几个月了，我没有去山上找过他，也不见他回家收拾什么必要的物什。

　　这几天，我睡觉总听到房梁上有猫在撒娇，太惹人厌了。哪天我得自制一把土枪，给它射个四脚朝天。这些天，我老觉得赌桌上的钱湿气太重，我总是听到孩子的哭声，就像两只蚂蚁在我的两只耳朵内打架。四只蚂蚁，你感受得到吧，它们在我的耳朵里扑、撕、咬——非常刻苦。这几天我总是输钱。我连续一周没有赢钱了，一切不会无缘无故吧？还有，最近总有个老妇人在我耳边叽叽喳喳地说个不停。她念叨什么我没法听清，我输钱不要紧，赌钱有输就有赢，这就像我每一次回忆起我们小时候，我每回忆一遍，你就多在我面前笑一次，我多叫一遍你的名字，你就能再叫我一声哥哥。可你个王八蛋，我忘了你从十几岁开始就不再叫我名字了，老是朝辉朝辉嚷个不停。

我们有多久没有坐在一起好好聊天了，朝阳？芦笙把手上的竹竿扔到沟里。这几天我总是听到有个声音喊我，可我分辨不出那是谁的声音。想了几天，我终于想清楚，那是你的声音，你在叫我。对了，从什么时候开始，你就不再叫我二哥？不对，你从来没有叫过我一声二哥，我们同岁，你说同岁不必分得那么清楚。

我从什么时候开始不叫芦笙二哥，从什么时候开始不叫朝辉哥哥？我倒是想好好叫几声。不过有什么必要呢？我拔起一棵斑竹，把夜色拨亮一些。我们的头顶上覆盖着老树的枝枝蔓蔓，藤藤条条。一只松鼠高兴地翘起尾巴，前脚更换抹着嘴巴。松鼠吃盐吗？芦笙笑着问我。我们的情绪一下子畅快了许多。不知道，你看，松鼠嘴边的胡须，你能看清吗？有点模糊。芦笙说。你的火柴呢？我问芦笙。我怕它被吓到。芦笙说。没事，它既然敢在这儿跳，就说明它不怕我们，下来。我说。松鼠扭头看了我一眼，犹豫着。我把斑竹顶端伸向它，它不再犹豫，几步就跳到我怀里。我抚摸着它柔软的毛发，这家伙可爱干净了。我说。它们的窝儿也特别干净，有机会我真想邀请它们一家，它的所有亲戚，给我搭个大窝，以后我就在树上住了。芦笙对我笑了笑，它叫什么名字？名字？你叫什么名字？我问怀里的松鼠，它叽叽两声，用迷茫的眼神看我。你叫大猫好了。我说。大猫，亏你想得出来。芦笙说。有没有什么是你害怕的，朝阳？芦笙问我。

　　小时候，每次出门，妈妈都告诉我，不要踩别人在路上"搭桥"用的石板。搭桥，实际上那不能称作"桥"，就一个大小适宜的石板而已。人们称，孩子身体不太好，或者想让孩子顺利成长，就选一条道路"搭桥"。实际上那是他们攒运气的一种愿景。尤其是刚铺下的石板，更不能从上边踏过，要从旁边绕过，遇到那种将大红花放路边某个石板上的，更不能捡拾。那又是什么一种情况？芦笙笑问。那种"红花桥"，一般是不会生育的青年铺的，其实也没什么可怕，只是少时被大人们用一种神秘的，暗含威慑的腔调给唬住了，人们有愿景是好事，不是吗？

　　小松鼠在我怀里睡着了，我的右手还是没有停下，一直抚摸它的腰身，这盈盈一握间，干净、温暖、踏实。我找不到其他感触了。我送你回去吧芦笙。我说。芦笙出来有些时候了。不要紧，你回去怎么办？芦笙问我。能怎么办？我不知道，我也有愿景，我想从那片橘子林过去，搭上一座真正意义上的石拱桥。昔日滑坡地段，现在有一个缺口，人们需要爬上走下，给他们搭一座石拱桥，像河北的赵州桥那样，我想要这么一座桥。过桥来，就走进橘子林。石桥烟雨，橘子花香，有情人终成眷属。看对面山上，流水寨。那是什么？芦笙笑。鬼火。我笑。

　　小时候，每次看到对面山上有人点火烧山，我们总会说，那是鬼火。天真的何止这些呢？我甚至以为，我们寨子后的大山，天穹就像锅盖一样扣在山顶，我想，站在山顶，伸手就能摸到天穹了吧。对了芦笙，你怎么想到要来找我？找你还需要理由吗？我们不再说话。小松鼠不知道什么时候离开了我的怀抱。我顺着斜搭在大树枝上的斑竹看去，小松鼠在那儿蹦来蹦去。大猫你醒了？我说。小松鼠朝我扮鬼脸，回过身去，将屁股对准我们的方向摇摆。看它可爱的样子，我们好气又好笑。我出来他们会不会着急？芦笙问。当然会了。我说。幺娘一向疼你。我不知道，算是我自找吧，很多事情，我们都是自找的，不是吗？有时我觉得生活让我无比尴尬。芦笙说。尴尬？我犹疑了一阵。你不觉得吗？芦笙说，让你觉得尴尬和无措的，可能就是一些本可避免抑或杜绝的事变得"应该"了，而你，还得随时为这份"应该"做准备，为尴尬做好应接。比如呢？我问。比如，芦笙说，比如单方面的爱的热情，无缘之恋的怨的讽刺……甚或你这边，久住的颓废与悲观……

你发现了？

什么？

悲观？

不是吗？

……

朝阳，怕什么就梦到什么，你信吗？我们的生活何尝不是一场梦，是吧，大猫？芦笙呆望树上的小松鼠。

其实也没什么，很多时候，一块闹钟，一幅窗帘，就可以解救你我。让你重设闹铃，你想要哪一首歌？芦笙问。

运动员进行曲。我说。

芦笙说，我们都害怕，我到你梦里找你，你往我梦里找我，在某个交汇处，我们遇到了。我们此刻在闲聊。我们一起等天亮。天亮就好了。你信吗朝阳？大猫你信吗？

回去就好了。闹钟。窗帘。清风吹拂窗帘，我们就撤。回去就什么都不同了，你可以继续放荡人生，浪荡江湖。芦笙说。

我沉默。

你昨晚几点睡的？芦笙回过头问我。

昨晚——我想想——不是昨晚了，今天凌晨四点我才睡。下午，我依然很乖巧地躺在床上。白天没有理由熬夜。对吧芦笙。对吧大猫。

怀抱斑马的男人

条纹衣服

男人把带有条纹的衣服交给站着的神父后换了一套漂亮的西服,在此之前,他们一同把爬满条纹的衣服套在躺着的神父身上,躺着的神父嘴里塞满了泥土,他们一致认为从门外园子里刨出来的新鲜泥土能让躺着的神父睡个好觉做个好梦。

神父紧握住男人递给他的衣服,准确说是紧握住衣服的两只袖子,这是男人的意思,他需要神父替他抓住罪证。没来之前他们就谋划好了,这次你当神父,下次我当罪人。我们都有罪,他们说。

这套西服的颜色极为漂亮,穿在男人身上再合身不过了,男人有点得意,但很快就变换了表情,以无比忧郁的眼神望着神父，我有罪，亲爱的神父……

神父先是打了个冷战，转瞬镇定下来，以慈爱的眼神关切地注视着男人两片嘴唇的纷乱地开合。神父，男人继续说，我有罪，我不应该把我的手停留在她们身上，她们呼吸的声音常常令我发抖，每次靠近她们我都要让自己的双手去听听她们的心跳。我轻佻的手掌——这无耻的跳跃让我寝食难安……过后我常常后悔，我是爱她们的，我更爱她们的姐姐，她们的姐姐有着漂亮的面孔，无论去哪都要带着她俩，这么温柔的姐姐——我想让她们共享荣光。我找来铁锹，我为她们找好住处，她们姊妹俩面对我的袭击并没有感到多么惊讶，是她们的姐姐发出了慌乱的声音，这声音令我感到害怕……我偷来水泥，去河边取回最清凉的水……我很庆幸我还能在草丛里发现她们仨，我的先见之明——我把我的衣服撕碎，我不得不堵住她们姐姐那张精致的小嘴。接下来你们都知道了，我用水泥把她嘴巴堵住，我在她的嘴里建造奇异的迷宫，我要让她的声音在我的迷宫里飞檐走壁，极尽施展她的潜能，但谁也别想听到她发声。在她口腔里的这座迷宫，我的手掌看见声音的颜色，迂回婉转的密室通往何处我知道得清清楚楚……

神父，她们的心跳，她们的嫩白无双，这幕雪帘让我呼吸急促……很糟糕……警察是那时候找到我的……我为什么要用水泥堵住她的嘴？

神父听得满头大汗，他的带有条纹的衣服湿透了，他紧张不安地不断向窗外望去……

神父,我找不到要说的了。(某张桌子下还藏着一个躺着的神父。)

就在这时闯进几个黑衣服男人,和几个白大褂。

神父一拍脑门这才想起了什么,我们为什么要用水泥堵住他的嘴?

忏悔

以前他跟他的朋友说笑过,这辈子如果能进一次监狱,或许也是很好的尝试。人们常说,念念不忘,必有回响。但有的言语,只需要说一句,一句就可以。后来他去的是另一种监狱,在那里有很多他的"同道",他的道友们都曾做过许多翻江倒海的事情,他们中的许多人,在他们的地盘,魔幻主义与存在主义并存,但他们都一致认为,他们是现实主义的拥趸,他们没有觉得自己和其他人有什么差别。那些穿黑衣服的和套白大褂的才是异类。

有天他在给其中一个道友讲笑话,蚯蚓少爷问母亲大人,母亲,父亲去哪儿了?他的慈爱的母亲亲吻了他的额头,说,父亲陪渔夫去河边钓鱼了。

道友用了另一个关于"钓鱼"的笑话作陪,院有吾友,友盘腿持竿,盆离身丈余,大夫问曰:兄台闲情逸致,鱼上钩否?友叹:汝病矣,盤匜堪渔事哉?

他们相谈甚欢。道友问他，何故来此？

一言难尽。他说。他早就明白，世间唯有这四字可抵挡一切言谈。

他说起另一个话题，他说起他的过去，他的少年时期，他很想试验一下，在人群中大喊一声"猪"，他想看看会有多少人回头。你猜猜看，会有多少人回头？他说那天他在大街上，突然对着前方大喊，猪……

他也不相信，但想来肯定也有一点可以预料到，总会有几个人回头——那天街上听到声音的人都回头了。

时间这头猪，一直都在。他说。

是啊，可我们的时间，至少在昨天和今天是不同步的。你的时间早一点，或者我的时间慢一些。

这样推心置腹的交谈极易拉近心灵的距离。

此外，他们还谈论"人"与"罪"的话题。

一旦面前的人与他熟悉，他一定会搬来他的故事。这个故事他说过很多遍了，从他去警察局那天开始说起，他说他杀人了。是个女孩。起初他只是赞美她有两只漂亮的乳房——姐妹俩都很漂亮——然而她们共同的姐姐——脸庞，那是她们的大姐，大姐更美丽……

他和他新结识的道友约定忏悔。我们都有罪。他们说。在如何做场景布置等等，他们充分交流了意见，预先做出规划，一定要有一场逼真的出逃，或许可以多喊几个道友。

那么谁是神父？

小溪

　　一个设计师跑来中国，出版了多条小溪。（人群里发出小溪怎能出版的疑问。我在转换语言的机制下失灵已是常事。我已经很久没睡好了，说出来谁信？很多年了，但这和我的用词有关系吗？有，只是对我来说是。设计师在山壁与奇石间引来清流，小溪真的出版了。世界的面貌本来就日新月异，谁规定小溪不能用"出版"二字来开阔了吗？你看，我不仅用错词，连读音都读错，我本来想说概括的。设计师真的是相当乐善好施了，在中国多处建造以小溪为核心的主题公园。小溪漂亮极了，我在山道旁都能感受到愉悦和美好，我用手机拍下它们。山道没有车辆经过，我没等到一辆车，我已经忘了我在等什么了。构树叶下有一颗崭新的红球，它应该是能吃的，只是人们都没机会吃，蚂蚁和苍蝇比人敏锐。）

　　照片里我多么年轻。（我拍的构树果实不见了，倒是在山道遇到三五个穿校服的学生。我也知道，其实我已经老了，我偷拍他们的同时把自己照进去，这并没有让我觉得意外。我想拿给少数朋友中最信任我的那一个看。朋友看着看着可能就哭了。我们都不年轻了。这有什么关系？路过的学生——照片上的学生多么年轻啊。）

　　酸菜可能并非酸的。（这可能是我在离开老家前就已经思考过的问题了。此刻我在一个楼道里坐着等他们。我清楚，他们会穿黑衣到来。或者黑衣已经和他们的皮肤黏在一起。那帮学生不见了。我倒是把我的某个同学掐闭气了。)

有人骑马经过草地

　　四只蹄子的凹形反光擦过草尖。他骑着马，草地上投落着马头的影子。为了让他的马不太孤单，他在马的脊背上绑了一个草编的马脖子。两具马脖子悲壮地经过草地。浓密的草坪被安放在山上，这让谁都感到安心。那些流经草坪的故事太多了，关于兔子的，就有"狡兔三窟""兔死狐悲""龟兔赛跑""兔子不吃窝边草"等等。与他的马有关的，他便只记得，除了这匹瘦马，还应该有一匹其他的什么马，斑马，骆驼——骆驼是不是马呢，骆驼也会喜欢这个草坪的。
　　一匹马会不会在经过草地的途中，突然就疯了？
　　一个骑马的人，会不会在马背上，突然就疯了？
　　马疯了不会让人知道，但人疯了一定会想他的马。假设，有一个骑马的人，在经过心仪的那片草地上前，他觉得应该为他的马匹做点什么。实在没有别的主意了，任何一个灵光闪现的东西都被他自己拂掉。他已挥手打落了很多想法，尽管那些想法看起来是那么成熟。他不仅仅要思考马蹄，光马蹄就要思考四遍，关于马蹄的一些想法，要在心内制造出四个雏形，那些想法的形状，它们必须是四只马蹄应有的形状。
　　假设，有人骑马经过草地。骑马人让路人看到了两具马脖子的悲壮的影子,那他后来的心情还会不会变好?他的孤独,马的孤独,是不是可以分担给目光照见马影的人?

有人骑马经过草地。他仅仅只是怀抱一把竹枝做的扫帚,他骑在扫帚最肥壮的一端上,天气炎热,他刚好有理由放出他的斑马抱在怀中。只要他高兴,他当然可以扮演一个特立独行的骑士。最好骑士看起来无比孤独,骑士清楚,只有孤独是世上最坚实的倚靠了。他不愿扮演走马逐月的英雄,英雄的故事难免落俗,哪有那么多的英雄呢?要是有,也就没人需要孤独的骑士了。

怀想孤独的骑士正和他的马匹经过草地。

收衣服

他右鼻孔在滴血,十秒钟,他没有堵上。右手抬着垃圾桶接住鼻血向客厅走去。他几乎把房灯都打开了,除了囤书的那间屋子。

这不是他第一次迷路了,有的是他从未走过的路,有的是他只走过一遍,第二遍返回时走岔了。有的是他走过多遍,经过时却还不确定应该朝向哪个路口。

此刻,他立在客厅有些焦灼,他不知道自己应该转身朝向何处,他不清楚应该钻进卧室,还是厨房,或是卫生间,又或者那间用来囤书的屋子。他轻轻地将臀部摆放在沙发上,确定自己坐稳了,他双手轻抚沙发凹陷的边缘。他再次摸了摸沙发凹陷的边缘,感到有些歉疚,但也只能如此了。

久未联系的一个学妹给他发来消息，一直是他在听，确切地说是他在看她发来的消息。学妹不停地抱怨他的老公，说他只知道研究窗台上的植物，叶子与昨天相比，更绿了还是暗了，他都能准确捕捉到。他和她越来越没有默契，以前她一叹气，他便知她口渴了或是背累了，他会去给她倒水，会给她揉揉肩膀。他现在对她是不闻不问了。

你在听吗？

你在听吗？

他不回复。

每一次吵架都是那么心痛。她说。

节哀。他说。

他想，他终于将她打发了。他听到胸腔有指针转动的声音，刚好是每秒钟一响。

他的胸腔响了一千八百下后，她发来消息，半夜一定会下大雨，一定要收衣服。

我媳妇没挂在外面。

该死的输入法。

过马路

红绿灯总是不放过翻垦他的每一寸慌乱，他总会尽可能地加快脚步，他害怕候在一旁的车辆突然冲过来。他发誓，下次，他一定要在确保绿灯时间足够的情况下尽可能缓慢步行，他不会觉得是车辆在等他，他只是以正常步速经过斑马线,如此而已。

一旦行动起来,他发现,是他在等绿灯消失,他在等车辆所等待红灯的时间。他还是需要等待时间,这让他再次感到惆怅。

拥堵的不是这个世界,而是时间,时间的每一只眼睛都在盯准目标,它们将淹没一切可以攀爬的物体——人类,植物,各品种的狗,栅栏,路面,车辆,座椅,皮质或布艺上存留的温度……

除了害怕时间,他还惧怕自己的肉身,他早就觉察到肉身这块床板该散架了。唯一感到安慰的是,在流动的马路上,总比他待在房间好啊。尽管世人所知的床板对人类的懒惰毫无敌意。

不安全的,不安分的,没有安全感的,不可能安分的,永远只是人类啊。人群中总会有一个人试图将这份心绪掩藏得不露分毫,那人在等电梯,那人经过商场旋转门,那人路过一块巨大的广告牌下狐疑地抬头看广告牌,那人穿过拥堵的车流旁将身躯尽可能地靠边行走……

在这段没有天桥,没有斑马线的必经之路,横穿马路是这个小区住户必须练就的技能。有的车辆过于凶猛,有的车辆过于顽劣,有的车辆过于狡诈,它们总是不甘于多等几秒钟。车轮转动,时间转动,车轮停止,时间并没有为它们停留,这一点,急躁的车轮、车灯,它们将赶路的状态展现得无比逼真,它们不会有丁点歉意。

缓慢的好心的车辆拥有同一副脸容,它们包容,它们和蔼，它们亲切。过马路的小女孩和小男孩，他们只需要看一眼停下的车轮，以及车头蜷缩的耳朵，甚至他们看到了车辆眨动眼皮——孩子们心情愉快地穿过马路，回头还要再看看车辆的耳朵，以及它们再次合动的双眼皮或单眼皮。

一个父亲，正在牵着孩子的手，他在教他的女儿如何过马路。小女孩还没有到上小学的年龄，但他们已经在为这件事准备。你会知道，父亲教女儿掌握过马路本领多么重要。

一个男孩拉着他同伴的书包，他同伴拉着他旁边同伴的书包，最左边的小男孩负责看左边的车道，最右边的孩子负责看右边的车道，中间的孩子将脑袋左右探看，最左边的小孩回过头看右边车道，最右边的小孩回过头看左边车道。三个小男孩嬉笑着向对面快步走去。最右边，他们的视线探到了一两部车辆，那边的车辆开始放慢车轮滚动的速度，孩子们相互搭背向即将接近的对岸奔去。

这依旧是人们安全过马路的一天。

对岸

我们在枫林相遇。遇到一只乳白色的小虫，他寻来一根树枝，轻轻一挑，虫子滚落在地坎外，直抵马路边，一群蚂蚁立即扑上去，虫子被树枝挑走前，应是被他用力用枝尖碾了一下。我们顺着土坎走下，经过马路，我问他接下来有何打算，他说在家做点小生意，反正还年轻，我说是啊，我们都还年轻。我却在他的寸头上瞥见灰白相间的发，他沉默并且坚定地朝着小路走去，那条小路发出灰暗的光泽，准确说，那是一条与黑色融为一体的小路，我没有同他继续走下去，在通向小路的那个路口我就决定往左边走了。

此时我身上的冬衣已经湿了，被浸在水田里，高处的田坎上有人唱着山歌嘲笑我，我看着对面的儿时伙伴，他说那个青年是在嘲笑他，我说我早上出门时太冷了，到现在我都还没有回家，没来得及换衣服。我们坐在田坎上，我说我们就像喜欢互挨的鸡群，散落在田坎上。他们没有反驳，也没有人同意。我们都在等着什么。先前他和我经过那条小路前，我已经听到妹妹们提到我名字，我经过她们身后，她们便不说话了。我朝着田坎走去，并找到一个位置坐下，我的冬衣后摆浸在水田里，在夏季的水田中吸食水分。

对岸有一对在约会的青年男女，他们像是两只羽毛鲜亮的鸡挂在石头上。亮黑的羽毛，噢，服饰，那是女青年，她的一只手拖着石头边延伸出的一根树枝，那个姿势是男女青年惯用的，有时那些树枝能叫出名字，有时是不能叫出名字的树枝，如果是在果树林而不是在这对岸的山顶上，我们肯定都认出了女生手中的树枝。他们旁边，有一个男生在自己玩耍，他将四角板扔到此岸给我们，在那一岸，他的伙伴已经抛弃了他，他只好用四角板像掷飞盘那样，自己同自己玩耍，后来四角板改变了方向，飞向我们这边，我亲手抓到了一个，我用手指轻轻地捻了捻，上边的线条相当结实并且严密。

我身旁的小伙，他诚恳地对我说，让我把初四留给他，他那天要摆酒。我问初四是几号，我们没有谁想得出来，初四到底是几号。

没人知道的是，我今天在忙些什么。更早的时候，我便相当忙碌了，我在用我拙劣的厨艺，准备和锅里的腊肉周旋。为表诚意，我只好亲自动手，妈妈和我的未来妻子，她们都没有帮我。妈妈先前已经悄悄告诉我，腊肉怎么做才好吃，她的身旁，坐着我未来妻子的母亲。我不明白，妈妈为何不和我未来的丈母娘说话，我猜她肯定是怕说错话，或者是她对汉族方言的表达极不自信，她说布依话说惯了，我也想象不出来，母亲说汉族方言会是什么样子，但唯一可以确定的是，要等我做好这顿饭，肯定得是一两个小时之后了。

骏马

他站在坡地的高处，看到他那匹雕塑一样的枣红马正在脱离马身的骨架。母亲让他独自养马，他终于能够将一匹马喂养得极为健壮且俊美。等待他们的不是往日一人一马建立起来的默契，他负责喂养，马负责成长。此前他喂养过多少匹筋骨柔弱的马，他想不起来了，像是他的养马经历，只需投喂时间，最后在他的马圈里长出来的，自然是一匹令众人满意的骏马。

骏马得罪了谁？他在坡地上感慨，如果妈妈不让他养马就好了。他还有很多事情可以做。一个自视经历足以让后辈叹服的长者早已倚在坡地某块独立岩旁等候他。待他靠近，长者告诉他，青草有攒动和化泥的使命，马儿也有毁灭力量和祭祀土壤的恳求。你看他，这位老者，他将他的无知经过口舌积极搬运，嗓声滚落，他的自信令他眯起眼睛，他不得不喃喃低语，对面的养马人没有在听，年轻的养马人却也不得不在路边装作静听他的教诲。他捏了捏割过无数青草并将其捆成束的双手，这双手还在做一些陈年的动作，青草被他的双手束紧，青草顺着他手臂挥动的弧度被投掷到坡地稍平的空地上……他继续柔缓地双手互捏那些勤恳劳作过的手指，碰到指关节时，左右手默契地掰动它，发出的声响，老者装作没有听到。指关节弄出的声响在怀疑，老者哪儿来的沉着，哪儿来的笃定，是树的年轮，还是鸡腿骨头上遗传的细眼……

乡人在空地上晾晒马肉，可以肯定的是，坡顶炎热，他和他的马，他们相互的联系，只能靠彼此最后一次眨眼前，眼目尽可能盯着对方。人们用晾晒谷物的竹器拨动地上的肉片。有几片已经略显焦黄，展现出一种被烟熏过的痕迹。除非是阳光太甚，哪儿来的柴火呢？这里没有人点火，无人抽烟，人们观望他的骏马，所有人都变得铁石心肠。他的话声更是比平时轻弱，像是一条疲惫的鱼还在拼命晃动可怜的几片残鳃。

他的目力最后只能看到骏马刚健的影子了。为了忘掉心爱的骏马，他还需要做很多事情。诸如和老者谈话后，他需要忘掉空地上晾晒的肉片，忘掉青草，忘掉马群，瘦弱的幼马，老死的瘸马，麻木的坡地……

他将洗面奶涂在手掌心，轻轻揉捻出泡沫，丰富的泡沫散发出香味。洗漱池的龙头不遗余力地贡献水流，这样的天气，无须再用热水洗脸了。泡沫在他的脸池漾开，白色的泡沫热烈地绽放，脸池的不锈钢滑动塞横着堵住了流水。他左手食指轻轻戳开可翻动的钢塞，水流扑簌坠下，向他身前的管道流出，潜到楼下，继续经过长截管道，往下奔涌。

他打开一个专事配送的手机软件，在"美食"那一栏相中了一家店，在显示"腊肉盖饭"的商品下点击"下单"。

他的腊肉盖饭正在送来的路上。一双筷子，一盒蒜薹炒腊肉，一盒米饭。

猫心糖果

蟋蟀偷了马铃铛。黑天鹅在一棵披着绿袍的夏日树桩下等待同伴。马铃铛安静下来，悲痛吟诵，庭有枇杷树，吾妻死之年所手植也，今已亭亭如盖矣。

你在迷宫里遇到表妹，你们匆匆擦肩行去。她说，如果有机会，一定要再次同行。她身着灰白色羽绒服，从水泥地宫的一处阴影中遁去。那件她为你缝制过一颗纽扣的黑色大衣，你已经穿不上了。表妹用她不算精湛的手艺勉强给你将那颗掉落多时的纽扣固定好，此前她摇了摇头，轻轻叹了一口气，慈母手中线。你瞪了她一眼，这娃儿。

要是她知道，你敷衍回复她的理由，只是你想在这地宫寻到一处可以如厕的地方。这个愿望，在你清醒听闻肚腹打雷前，是不会出声了。闷在肚子里的，连同你的奔跑，你的颓唐，你的郁闷，你的焦灼，那你自知是白色但眼目告诉你它确为黑色的一道道门板均已关上。你在地宫遇到几个多年未见的青年，你们相互忽略，没有挥手，也没有动用眼目稍作与问候有关的神情。

麻木不仁的你不得不回到现实中解决实际问题。与表妹的相遇不只无疾而终的这一次，甚至是一个喜庆的节日——人们口中的春节。一年未见，你看到一个长得像表妹的女孩在和她的同伴闲聊。十分钟后表妹发消息告诉你，她说刚从你家院旁经过。你问她是不是穿白色衣服，戴黄色帽子。她说是。那她便是她了。你说，你们错过了。她说没事，下回还会遇到。对。你说。不会太久，就算是一场梦，你也要安排遇上。她说她要吃一个猫心糖果。你问那是什么，她说心形糖果，或者猫型糖果。她继续说，有没有猫心糖果？她还说，猫的心是什么形状？

五星好评

她向你问路，白枣小区三单元怎么走。你耐心地答复她，穿过院坝的停车场，那儿停着两排车头相向的车，从它们中间穿过，直走，不用往两边的石梯走，一直走到里边，穿过类似于负一楼的拱门，对，像一个涵洞，穿过涵洞，左手边墙上有三单元的字样，它被一根锈蚀了的巨型消防水管挡住了，从旁边的楼梯上来，慢一点，不急。

她爬四十八级阶梯，才会到你门外。她轻轻地敲门，给她开门前你看了一眼镜子，如果头发乱了，你会稍微拨动一下刘海，或者整理头顶某一处头发。这一顾虑基本不会出现，你起床的第一件事便是洗漱洗脸洗头，你会将吹风机插进插板的插孔，电吹风呼呼声在你头顶乱跑，你管不了它们，就像楼梯上的那些灰尘，没有谁会管它们，除了楼道里偶尔窜进暗风，没有谁理会台阶上的灰尘，你也不会理会发干前湿发上电吹风的跑动声。

　　你从猫眼看向门外，你的耳朵负责跟随目光，等候她的脚步声，等候她身影。直到她的头盔离你越来越近，你打开门，她清秀的脸庞印现在你目中，她低头将食物递给你，她没有抬头，你确信她看了你的人字拖和睡裤裤脚，你接过食物，它们是你点的一碗细粉，一瓶豆浆，细粉里加有肉末和烤肠。谢谢。你说。不客气。她说。她转过身去，你看清了她的嘴唇划过你目中伸出的光线，她侧脸的皮肤极为光洁，肤色也好看极了。她甚至比你年轻，也比你好看太多。她轻微喘气，她尽可能想赶在程序的算法所规定的时间内到达，她还是迟到了十分钟，她小心翼翼却又想尽可能快一些地赶向目的地。她终于到了，虽然迟到了十分钟。

　　她的运气很好，她将电瓶车停在院坝前的十分钟，雨便停了。你的运气也很好，这一切从一定程度上减轻了你的歉意，你会同往常一样动用你的自欺欺人的习性，没有看到她衣服上的水珠，你会安心一些，她的头盔上，也没有淋雨的痕迹。

她下楼后，你便听不到她的脚步声了。你轻轻地关上门，你接过她亲手送来的食物，她的脚步声便会轻了许多，直到听不见。

回到桌前，准备吃你的早餐或者午餐，你对她的记忆，存留在她的后颈留给你的匆匆一瞥——为了更好地戴上头盔，她将头发剪短，她后脑勺坚毅的短发陪着她下楼梯。

她的电瓶车在院坝等她，电瓶车上载着送餐盒，她即将赶往下一个小区。她正在前往的小区，我们祝愿是电梯房。

轻烟

1

一小时以上的公交,这样的车程,这种缓慢,还未出发,我总会先皱起眉头。

从住处到金阳,一小时,金阳客站到兴义,五小时。我带上《小说机杼》,很幸运,一上车就有位子,只顾看书,我开始变得平静起来。"平静",整个状态我只想到这个词了,甚至公交车突发状况,车尾冒烟,司机及时疏散乘客,我仍然不慌不忙,是最后几个下车的乘客之一。把书放进胸包,我想起了师姐洛祺。我们几年没联系了,最后一次见面,我们约在图书馆。她总是叫我"学弟",而我,对她没有任何一个称呼。哎,哎——同其他为数不多的熟悉之人相处一样,我在说话前用"哎"一声引起她的注意,之后才是说些临时性的话题。那天,她说学弟,我们聊一下吧,去图书馆。她从七号楼那边出来,我从三号楼过去,我们以坚定的步伐让作为直线的两条路汇合在一个点上。她,在某个点上等我。碰面后,我们一同向图书馆方向走去。我没有多问她考研的事,她也没问我毕业后要干吗。书……看得还顺利吧?我说。我指的是那些外国小说,她选择外国文学方向。挺好的啊。之后是长长的沉默。她还是像我大一时我们通话的样子,语速极慢,仿佛每说一句话都要先想一下,将要说的词在脑子里过好几遍才说出口。其实不是,她根本不知道要说些什么,我们就那样时断时续地聊了很久,电话里我偶尔喊她"师姐",每每如此,她便会温柔地应答一声,"学弟"。

　　学弟记不清最后一次和师姐见面那天,在到达图书馆前说过什么话了。只有那句,书,看得还顺利吧?其他影像和词语在早几年里,已被扔到记忆的混沌深处。借助聊天工具,我以隐身状态逛她网络空间,想看看师姐近来可好,如果如愿,我会看到几张我想看到的照片。事实是,除了一些经典电影剧照,一些搞怪图片,一些惊悚的被处理过的图像,一两张男影星图片,什么都没有,好不容易看到三张照片,却是一个着粉色针织衫的姑娘以背影示人。是她吧?一开始我并不确信。我才发现,我们中间,有着巨大的陌生感。本就如此,师姐关照,我无所用心,师姐糊涂混她的大二,我整日无所事事,想随便说什么话时,我们选择相互通话,打发无聊。短暂一两个月后我们不再联系。直到毕业,我们才突然想起，需要互相打扰一下。

退出师姐的网络空间，将她的四张照片存到手机上。除三张背影外，另一张照片，从下至上，层级堆满外国译介过来的书，里边有我借给她的《佩德罗·巴拉莫》和《燃烧的原野》。这时我才确信，穿粉色针织衫的就是师姐，长发的是师姐，指间夹着黄色小花的是师姐。师姐洛祺，只要我愿意，我当然可以把一切当成她。她坐在中文系大楼某间教室，右手指尖夹一朵黄色小花，轻托脑后长发。两张叶片捧着黄色小花脸庞，叶片边缘撕裂出几个锯齿状的极为细小的锐角。

我挨个数了一下，有十四个角。

司机将公交车停在一个隧道里，乘客纷纷靠向隧道墙壁，登上边缘处一个窄小的水泥平台上。隧道拱顶，探照灯各怀心事，橙黄色的灯具和白光灯具错落排列。橙黄色盯着它对面的白光，白光自顾发光，它清楚，在他者看来它就是一个冷漠的家伙。人——闲聊的，玩手机的，发呆的。第一辆229路装上一拨人驶去，第二辆驶去，我是最后一个上的第三辆。还是很幸运，我又找到可以坐的位子了。

两侧的行道树依然繁茂，这个季节，它们不会在一夜之间多长几片叶子。树叶活跃一些，等风来，相邀跳伞，上跃或者偏飞，全凭兴致。蓝色指路牌，蓝色公交车顶，蓝色出租车车盖，斑马线上一两个蓝色外套的路人，一个小孩手中的蓝色气球，天，也是蓝色的。高楼，银行，整容医院，酒吧，金银店，住宅区，老巷，公交站牌，宠物狗，情侣，商务包，档案袋，棉衣，皮裤，小摊贩，路人甲甩手碰路人乙，校服，短发女孩，手机掉地，捡手机，美女，路人丙回头，背影，背影，行人，行人……

公交车停在十字路口。司机盯着红灯，数秒，69、67、65、64、63……

乘229路的，多是去金阳客站，目标是省内客车，或省外长途。车内，白色抓绒衣女孩最轻松，一身轻装，站立在背包丛中。她把复古斜挎包调至胸前，颀长的手指抓握公交车横杆，某人的一个行李箱摔倒在她脚边，她皱了一下眉头，很快又舒展回前一秒平和的神情。她突然想起了什么，手指紧捻铁质横杆，眉头深锁。公交车启动，她身后一个莽撞的男青年撞了一下她的背部，文件袋击到女孩大腿内侧，青年为自己的不小心道歉，往右挪了一下。刚才倒下的行李箱被前面的中年男人提起，因为失衡，还是往左边靠。出于某种补偿心理，男青年用右膝将中年男人的行李抵向公交车壁，一直保持住顶膝盖的姿势。她没有回头，思绪伸向昨晚，男友从身后抱住她，过几天再走好吗？我不会送你的。男友说。她咬了咬牙，没有说话，他们就那样抱了一晚上，一直是他抱着她，像一个小孩，将左手放在她的左乳上。还没有为前途等等事宜思考时，他们曾无忧无虑地生活在一起。她曾向他展示她的左乳，说是不是左边比右边大一点点，一点点，你看，很奇怪吧。男友扔了一句，笨蛋，左边是心跳的位置，应该——他语速放缓，他也不确定——会大一点。

她翻过身来,他已经睡着了,手放在她腹部。他给她指出过,她最柔软的地方,也是他最喜欢的地方是——是什么?她问。这里,这里,这里,还有这里。他依次将右手放在她的双乳上,下腹部,大腿内侧,臀部。她微笑着看他,他的眼睫毛很长,她伸起手指,想点一点他的眼睫毛。不点,点,她犹豫,还是轻轻点了一下。他嘴唇嚅动了一下,又抱紧她一些,当然了,没有力度。她用拇指和食指轻轻摩挲他的大拇指,很轻微,以致他在睡梦中,唇角动了一下,有种踏实的满足感。你应该不知道吧,前面一小时我们还在吵架。她想。

他在睡觉,睡梦中突然感到左腿不能动弹了,右腿压在左腿上,心脏位置抵着床面,时间久了,心脏被挤压,血液流动变缓慢,血流量供应不足——这些他在梦里都清楚地意识到了。他开口想喊她帮他,喊不出声来,意识无法命令声带振动。他努力地用手指戳她肚子,她在玩手机,没有理会他。他的手指顺着她的腰间往下,戳她臀部,她还是没有给他回应。他的声音愈来愈急促。你怎么了,做噩梦了吗?她问。听到她声音,他醒了,说,我快要断气了,你晚叫我一分钟我就死了。刚才我用手指戳你你没发现吗?没有啊!那我用手推你屁股呢?也没有。只顾玩手机,忽略我向你求救。哪有啊,你根本就没有用力碰我。激动过后,他冷静下来。看来连脑子的指令都不能相信了。他说。不能这么讲,她说,当时我只是觉得你在摸我的肚子和屁股,我是听到你急促的呼吸声才叫你的。他把刚才的遭遇顺了一遍,他的大脑确实觉察到了危机,同时命令他的手指向她求助,但由于前一天睡懒觉,他只吃了一碗米线——没力气,加上心脏血流量供应不上,氧气稀缺?他不太肯定。所以,他的大脑要求他的手指用多少力度去戳她,手指确实听从大脑的指挥,但现实向度上的力度跟不上,它的"戳"变成了在她肚子上画圈圈,以致她只是以为他在抚摸她了。倒回来说,对力度的把握,真实情境的力度小已是事实,但它反映在大脑的信息——意识层面上的认知却认为已经用了大脑所要求的力度。这是一种危险的真实,他说,人脑是值得怀疑的。你累了,再睡会儿吧。她说。

2

车内出现嘈杂的声音,追尾,28 路,谁的错?

左侧路口,一辆轿车抵着 28 路公交的屁股。28,这是个熟悉的数字。我再次想起七年前的夏天,想起匡文静。匡文静结婚快三年了。我们最后一次的互相问候是在七年前那个夏天,那时她没有恋爱,我的失恋也才匆匆走丢了一年。和我的心情一样,许多事情都没有变得更加复杂,这一点令我每天行走在陌生人群中深感欣慰。我觉得我的生活依旧潇洒,世上的难题暂时没有把我逼到绝境。我活得轻松自如。每一次远行,只要给我一个地名,我就心安理得地前往了。回家或者流浪,于我来说,它们都充满了对昨日挥别的慎重感。我小心翼翼地没入人流,每一段旅程的踏实感源于我的无牵无挂与没心没肺。

那次见面,大部分时间我们在十里河滩待着。匡文静的学校在一座山丘上,她的宿舍嵌在那座山上某栋女生宿舍楼里,她背上我沉重的棕色旅行包乘电梯上十一楼。我在楼前等她,她下来了,娇小的身影走向我,我们在那条叫"堕落街"的小吃街叫了几个家常菜。我心安理得地让她请客。我们这次见面迅速且简单:我从车心云的学校乘车去花溪城,接着吃饭,然后在十里河滩混掉一个傍晚,到目的地前匡文静带我横穿马路,我们轻松向河滩方向走去。

匡文静说,我教你横穿马路。我们向河滩走去。

上周我约车心云来贵阳。我和他提起匡文静,我们消灭了六罐啤酒两包烟,我说我庆幸,这二十多年,总有少量的异性朋友,她们坚实存在着,温暖非常。可只要她们谈恋爱了,我就不会去找她们了。

车心云又给我点了一支烟,我很自然地夹在指间,不自然地吞云吐雾。我又回忆起那次相遇的前一天,我打算回曲阜,早上下车后,坐上28路公交车,途中摸手机想看时间,顺便想看看钱是否还在。往屁包一摸(那时我还没学会用钱包),兜里干瘪得只剩牛仔布料的粗糙感。我当时慌了,四下看看车上人们的表情,我现在始终不知道那是什么样的眼神,它们是求助还是绝望?幸好前兜还有二十来块钱,够坐车到车心云的学校。在车心云的学校霸占他床铺踏实地睡了一个好觉后，我联系匡文静，说去她那里混半天，再去曲阜。匡文静陪了我一个下午。那时候我真切感受到被欺负的感觉，我只是个学生，六百块钱数目不小。后来我轻松借用母亲大人对我说过的话，别人没有才偷，不要去诅咒别人，也不要去恨，以后注意些就可以。闭目，仿佛世界只剩下我一个人，以及偶尔的刹车声。

我们爬到一座小山丘上，山上有亭子，累了我们在那里休息，匡文静双手抱膝靠在柱子上，不久我换了一个坐姿，借你膝盖一下。我说。我背靠着匡文静的膝盖闭目养神。我忘了自己当时有没有睡着。高中时期我和同桌刘垣辰都喜欢欺负她，路过她身边我会去踩她的鞋，她装作使劲掐我的样子——其实不疼。高考后，我在匡文静的住处吃过一次她亲手炒的菜，有腊肉、土豆丝、西红柿炒鸡蛋。我还把她注定吃不完的饭刨了一些到自己碗里。

我总是这样，一些本不该中断联系的人最后我大都忽略了他们。我说。

车心云沉默。

比如四年的同桌刘垣辰，我想不起来有多久没有联系他了，那个一起上课下课，一起吃早餐午餐的调皮同位，曾经的体育课我们总是一起最后慢吞吞挪向操场的那两个。甚至去上厕所，只要我们其中一个说去某地，另一个做短暂的思考，说我想一想，说完我们走出教学楼。我们那会儿的男女卫生间都不在教学楼内，单独一栋小楼，在离教学楼不远的空旷之地。有部分同学拿我们的性取向开玩笑，幸亏大家知道我当时正喜欢着一个女生。不过我们下课邀约共赴"某地"的事成了一大帮男生所热衷干的。车心云等人也加入了我们的队伍。后面的几排男生只要有人喊，去某地，有意向的同学自觉并且混乱地加入队列，上下楼梯，过往行人，有无美女，谈话间不忘发挥特长，不知道我们的过往都用何等目光向漂亮的女同学致意，她们像是一阵风。

我喜欢她的胸。车心云说。

我也喜欢，不过这并没有妨碍我和匡文静有场难忘的友谊。现在，我们没有再联系。

车心云还没有结婚，他比我决绝，他要送他弟弟读完大学才考虑是否需要成家，这是个漫长的路程。过去，我们一起听民谣，一起熬夜，有心事偶尔睡在一起聊到凌晨。陈安妮也结婚几年了，车心云说，她最后一次到你那儿是什么时候？是她没来找我的那一天。我说。

那晚，陈安妮在微信说，老大，你那方便不？

我说很乱，不介意的话，可以。我的小窝很久没有拖地了，我被琐碎的心绪缠绕日久，精神差劲，新买的一堆书放在地板上跟着受了委屈。陈安妮没有介意，说，明晚七点到。好。我说。我默默出屋将海绵地拖吸水，挤掉，吸水，挤掉。那晚是我当年第二次拖地。第一次也是因为陈安妮来。自我封闭快一年了，我来到贵阳后就没有认真把卧室的窗户打开过。除了还未搬进租房前，我为了疏通空气做了必要的几日大开窗，并让所有房间的灯泡开了三天三夜，我觉得，住房，应该增添点暖意。如今，每天我只让窗户开不到一寸大的小缝，窗帘覆盖通头。每个晚上，决定睡时，我喜欢把卧室门打开，再关一次。这几乎是每晚睡前必须要做的事情。我不是为了确认外面的灯是否关上，而是为了再看那片黑暗一眼，除了我躺着的空间，所有灯都关上了，这样的黑色很柔软。关门时，我很小心，轻轻的，把这片黑暗留在门外，它们刚才正背靠着我的门板。门关着，我的目光也开始变得柔软。最后，关灯，睡觉。

刚到贵阳，是五年前的夏天。7月3日凌晨3时，我把两个行李箱停放在离火车站较近的某家旅馆柜台前。住宿。我说。本该实时抵达的K491，在南方的暗夜里，见证了一场绵长持久的暴雨。老板娘带我上楼时问，要小妹吗？我第一次被问，她一脸不以为意的感觉，很自然却又带点神秘的表情，令我错愕有加。不用。我说。把行李箱放进房间，门锁是坏的，根本关不上门，我只好下楼跟老板说换房间。这次旅店老板带我上楼，把我送进刚换好的房间后低声说，要小妹不？有小妹陪要安全一些。他表情相当严肃，我尴尬一笑，说不用，我说每次回来都住他家，没事。实际上我的防线开始迅猛滋生可怖的藤蔓，我对这儿一点也不熟悉，这是一家破败的旅馆，我以前未曾踏足过。我决定开灯睡两三个小时，不久天就会亮，我决定开灯时就做好打算，把小一点的行李箱放在触手可及的床头，有人进来我可以准确抢起它砸向对方……

那一阵我始终不明白，当初旅店老板为何会说"有小妹陪要安全一些"。他要吓唬我，让我害怕，好让我受其捆绑消费。

地拖好了，明天陈安妮来不至于很乱。我没有给陈安妮回微信。多余的问话在零点之后都属于废话。

陈安妮第一次到我这儿前，她还在一个叫碧痕的小镇待着，她的寒假还未结束。在碧痕，我只和她们姐妹俩熟。"碧痕"，我曾理想化地认为，它应该是一把剑的名字，也是剑的主人——永不降世的姑娘的名字。陈安妮问，要不要带腊肉，要不要带猪油，要不要带香肠——仿佛我是一个很居家的男子。什么都不用带。我说。陈安妮是我高中为数不多几个熟悉的女生之一。我再次上微信给她多余的留言，金阳客站下车，229路公交车，到蟠桃宫下，我去接你。从金阳到蟠桃宫坐公交要一个小时，陈安妮会晕车，她下车后在蟠桃宫等我，她完好出现在我面前，我接过她的行李箱。到红岩路的时候我想告诉她，我娃娃亲的寨子叫"红岩"，当然，我只是闭嘴，什么都没有说……

我的房间里，音乐是电影《小王子》里的背景音乐，*Draw Me A Sheep*——我想要一只可以活很久很久的羊，电影看到这，我有了一种心碎的感觉。圣埃克絮佩里的书我没有看过，我和前女友在十三年前倒是相继读过他妻子的《玫瑰信札》，内容早已记不清。再听一首 *Finding the Rose*——我的玫瑰已枯萎多年。

旧友中，只有陈安妮还会问候我了，其他，我每隔几个月，会通过网络聊天工具扔几句话到他们那边，比如刘垣辰。陈安妮的妹妹王亚，我隔几月也会去她空间看她照片，毕竟，她比我小几岁，看她照片，我能轻松通过她的脸庞、眼睛，把目光投向几年前的自己，我待过的方向。

作为朋友，我们各安天涯，本分做人。

关灯，睡觉。

次日，陈安妮说，有事，走不成了。

好，我说。

每次来她都能让我变勤快。

陈安妮没有再来过。

3

我顺着歌声向车心云住过的房间走去，现在是我的书房。车心云坐在藤椅上，我扔给他一包烟。还给我准备烟？车心云笑问。我自己的。会了？我不回答。

我和贾蓁长时语音那晚，我走进他房间，问他要一支烟，他给我点燃，我没有马上和他攀谈，仿佛进门只是为了手中这支烟。烟雾慢悠悠地从我面前升腾，我跑去把窗户关了，不是怕蚊子跑进来。一长截烟灰从我手指前方掉落。我不想让风跑进来，这是继我要烟之后的第一句话。人有时候笼罩在烟雾里其实也挺好。我继续说，我还是不可能抽烟，也学不会，我不喜欢抽烟。是谁不喜欢你抽烟吧。车心云说。我没有回答。他也只是随便猜测，胡乱搭话。我确实不会抽烟，这下被呛住了，我突然有点难过，随手一抹眼泪湿了整个手掌。在一屋的光照灌涌下，亮光到处奔窜，任何缝隙都未能幸免，光束穿过我指缝，弯曲的手指，在抬手擦泪的那一刻，光线猝不及防碰到了一个男人的眼泪，因此，我的手轻放到膝盖上后多了一层被浸湿的薄光也就十分令人理解了。

这是我第一次问车心云要烟。贾蓁傍晚发来信息说，她要结婚了。我不知道要怎么回。朝阳，照顾好自己。贾蓁说。她是北方唯一知道我小名的女生。我大二，她大三，我是语文教育专业，她是英语教育专业。她觉察到了我们中间巨大的空白，变换语调说，近来还好吧？挺好的。我答。我知道她会问我都在干吗，我提前说了一句，在搞研究。研究什么？世上最忧伤的事情。过去的两个多月，某一个凌晨，我顽强地打了一个又一个喷嚏。那一刻，我突然意识到世上最忧伤的事情是凌晨打喷嚏。往后的时日，凌晨睡前我都会打喷嚏，这和感冒无关，至多是潜意识提醒我应该注意某些形而上的问题，我身在何处，我要做什么。可我向来没有多少远大理想，更不用说任何与哲思沾边的问题，我选择"忧伤"这一关键词，并且发现可以用它去套当下的生活状态，一切迹象和忧伤这件小事再匹配不过了。我发现，自从变得忧伤起来，我就不会写诗了，也不想再写了。某日凌晨两点五十九分，我将一首二十四行的诗歌发给师妹巩珒，关掉手机我就睡了。诗歌的标题很长，有二十三个字。对，就是前面我感慨的那一句,加上书名号即是——《那一刻我突然意识到世上最忧伤的事情是凌晨打喷嚏》,它是我的最后一首诗。

要看吗?我问贾蓁。我从未叫过她师姐。

好啊。贾蓁说。

> 你像飞蛾展开双翅
> 肩上绣着毛茸茸的青春
> 你结实的乳房,空气
> 发出嘹亮的声响
> 逃匿的光线
> 我抢先向它们招手

我只给她发了第一节,贾蓁笑了。写给我的吗?她问。

我没有说话,那是给另一个人的,是师妹,她叫巩珏,我曾逗她,叫过她王生。

彼时巩珏在朋友圈发了几张艺术照,用类似小精灵或者其他什么萌宠恰到好处地在上身遮住不想被人看到的部位。我的好奇心,更多是出于对青春的缅怀以及这一层面上的信仰,我觉得这时候她就是美,她遮挡住的部位正是青春最灿烂的神迹。我不知道怎么开口,说,原图发我,一首诗与你换。她回我一个阴险的表情,接着发来三个某制作中心给她录制的短视频,当然包括我想用诗和她换的照片。

和巩珏结识的过程,得从那年秋天她脑后的麻花辫开始说起。那是开学迎新的一天,师哥师姐们站在学校大门口,或围住刚停下的校车，一有拖行李箱的新生就扑过去问是不是某系的。我也不例外，系里要求，大二成员全体出动，以显示我们热烈无比的师门情谊。我在车门正前方站立，她最后一个从校车内出来，先是向东南方向扭头虚空望一眼，再朝西南方向望一眼，仿佛身侧有谁在等她，她在等某一个人。她脑后的麻花辫子我觉得很新奇，正想在心内描述是大麻花还是小麻花，就被前去抢新生的两拨人分散了注意力。他们很顺利地接到各自系的新生，从我肩旁掠过。她扭头看向正前方，我对她笑了一下，中文系吧。我说。她笑了笑，说是。她坚持自己拖行李，我当然不肯，我们聊些什么忘了，后来记上联系方式。省略去大二前几周讨嫌的假期综合征，我似乎快要忘记她了。在一个我打算睡懒觉的周末，巩珏说送我德州扒鸡，那应该是我大学前两年难得早起的一个周末。我们在六号楼前驻足聊了一阵，这期间有她的同班同学同她问候，印象最深刻的是一个身材颀长的高个女生，她无比温柔地朝我们微笑，她旁边的同伴朝我们挥了挥手，说拜拜，她再次温柔地对我们说，拜拜。

在想什么？贾蓁问。

我不说话的时候，她就知道我是在发呆无疑。

想别人的年轻。我说。

接下来贾蓁和我语音，她嗔怪我不给她打电话，看看你现在的普通话水平，自己说说，普通话几等？三乙。我说。三姨？贾蓁笑。

你觉得世上最忧伤的事情是什么？

她笑了笑，说不知道，一时想不出来。这是我们别后的首次长谈，我一点也不介意贾蓁是否有足够的耐心，有一阵没一阵地说话，她还是那个性子缓慢的贾蓁。

我把诗歌发给巩珄。写给我的吗？巩珄问。我说是。你真是个逗逼。她说。你不觉得凌晨打喷嚏是件忧伤的事情吗？我继续说，熬夜是件忧伤的事情，你看，很多事情都可以套在忧伤的名头下。她说，你只是对我进行了一些描述。她有点不适应，或者根本不认为那是一首诗。的确，第一节就有点唐突，某种程度上是一种冒犯。我开始羡慕你的年轻。我说。巩珄诧异，你只比我大一点点啊！心老。我说。

我们都不年轻了。贾蓁说。

我知道。我说。

4

妈妈打来电话问，坐上车了吗？贵阳到兴义有点远，早点出门。三十岁的人了，你知道应该做些什么，同村多难得，你有脸让人家小女生等你？妈妈说完就挂电话了。妈妈的上一个电话是上周打来的，开口就说，我给你约好时间了，下个周末。可不可以回村里再说？我不想去兴义。妈妈不回答，这两年她已经习惯用沉默表达不满。而这，恰恰是我不愿意看到的。

靠后门的一对情侣，在拥挤的人群中亲密相拥。女孩趁男孩不注意，吻了一下他脸颊。男孩不知道，有个手拿文件袋的青年一直在看他们，包括女孩轻轻吻他的那一下，全看在眼里。男青年右膝有些累了，换左膝盖顶住中年男人的旅行箱。文件袋换到另一只手上，左手握住公交车横杆，他也像旁边抓绒衣女孩一样做些无意识的小动作，他的左手食指轻轻地摩挲铁质横杆。靠近车尾的一扇窗旁，一个男人胸前挂着一个灰色胸包，胸包前口袋上绣着亮丽的黄色叶片，这和他的年龄不太搭。他用右手食指和拇指轻轻捋了一下棉质衬衫领口，"没有一件事物不是像在无穷无尽的镜子里一样。"博尔赫斯的句子由一个陌生的声音在他的耳边发出，他看了看窗外，快速闪过的影像如一阵阵轻烟。他意识到，此后只能做个诚实的哑巴，不管从哪一方面来说，他理应遵从此次空落之后的会意。他听到从喉咙以下某一部位开始滑落的轻叹声，闭眼试图让某根神经跟随这一细小的遗憾往体内瞅，没什么结果，这一细小的遗憾早被更加空落的杳茫消弭。

这段时间他一直玩烟，玩自己，可现在，他真正学会吸烟了。吸烟——从呼吸道吸进去，很快，烟雾自然地呼出来。他感到恐惧，再试一口，依然顺畅地完成了这个短暂的过程。他会抽烟了，吸了两口经过呼吸道又呼出来。他瞬间难过起来。以前只是放嘴里玩，一秒钟后吐出来，呼吸道食道都不经过。少年时尝试抽烟，用错通道，吸进食道，到腹内吐不出来。那种灼烧的感觉有过两次。他突然想，吸进呼吸道，试了一下真能呼出来。这么多年他一直大意，忽略身体构造，做事只凭感觉。他突然想起，那天从北方回贵阳的情景，那是这几年来他坐的最后一趟火车。他说过,每个毕业生在离开的那天都会把自己的世界带走。回去就不再回来了。

火车,从样态意义上它和蛇没有任何区别,它们同是在长条状的身躯延展各自的头部和尾部。但火车没有情感,蛇有,无论是出发还是返回,它们出没的轨迹总是不断向前、向前。车上有很多比他年轻的男孩,在他们的脸上看不到旅途带来的疲惫,过于放松的躯体因他们的年轻成其优势,旁观者极少觉察到那些被叫作困乏的模样。

就当我遇到过一条蛇,永生难忘。

这么想的时候他躲到火车连接处的卫生间里。他确实遇到过一条难忘的蛇,那是在东南方向的某个小镇。他没有打亮手电筒,他确信自己没这个必要,走到那片隐秘的树丛旁再打出亮光。他没有料到坦途的水泥地上也会有爬行动物。起初他以为它就是一段树枝,甚至刻意想着它弯曲的身姿真像一条蛇,恍惚间他看到树枝动了一下,难道是蛇?他立刻跳开,电筒光照到地上,除了害怕还是害怕。他们的族人说,人先看到蛇,蛇就走不动了,相反,蛇先看到人,蛇就溜得很快。如果碰到相互缠绕的蛇,你要赶紧把裤子脱下来,在心里默念,我比你跑得快!否则将有疾病缠身。说到底,还是关于害怕的问题,人怕蛇,蛇也怕人。

他去哪儿都是一个人,蛇呢,它能去哪里?白天它能随意游走吗?它的洞穴有没有同伴,有没有可以思念的亲人,它有没有爱过,它爱的另一条蛇离它多远?他与之相遇的那条蛇,腹部呈淡黄色,蛇身颜色多是白色和暗黄色,它的胆怯和踌躇，现在看来一直在等待他移步，他走开它才能获得暂时性的安全感。因为害怕，他必须得看清它的模样，看看它离开的方向，他不想回来的路上还遇到它，他们相互观望的那一分钟，在后来的每一次回忆里，都令他十分感动。他们相互惧怕，可谁都没有先离开，他知道他得看清它，而它，也许在向他示弱，或是警惕来自他给予的压迫感。它还在爬动，只是动作很缓慢，它在找出逃的洞口，最终它选择向靠墙的路边贴近。

他毕业前，她把系里发给她的精美留言簿寄给他，除了他，没有其他留言者。那是他的字迹：梧桐树下，总有一个路人不养鱼。

而前一年，他们坐在音乐系前的长椅上，亮光如昼——他第一次吻她。

他们的最后一次相遇。她离校前夜，他的双手又不安分了，他把她的脸庞捧在双手间。我的裤子是不是太短了？她问。没有。在这样的夏季他满足于他的任何一只手受宠。不想回去。她说。他还是把闹钟调到十点，再晚就回不去宿舍了。

我们还在梦中吗？她抬眼问。鱼和爱情，哪个重要？她问。

要到十点了。他说。

不想回去。她的眼里有迷雾。

一双手从身后环抱他，背后的温热一阵阵袭击他的心脏,那双手开始解开他胸前的纽扣,最后一颗纽扣也解开了,单薄的衬衫像空气般消融于无声。那双手在他身上游移,转身他抱住她。

亲爱的。他听到她梦幻般的声音。

黑色对吗?

她点头。

我又猜对了。

他愤怒地抱住她,紧紧将她拥抱在胸口,她的黑色内衣、黑蝴蝶,蝶衣裹住心跳——交出了心跳,还有什么不是他的?

要到十点了。

不想回去。

但遗憾并不会因为自己有多聪明或者足够笨而远离自己,哪一种都会有遗憾。在后来的微信里,他说。

你的睡眠好吗?她还在关心他。

晚上还是多梦?

……

想你。

……

他给她写了一封匿名信,信上只有两行字:

桃之夭夭

其叶蓁蓁

六年前那天晚上，他最后一次轻抚她的脸，吻她。

你会想我吗？或者想一次，虚幻中的我？

他没有回答。抱着她，闭眼，他看到逗留过的南方某城市，候车室内，对面有一对年老的夫妇，七十岁了吧？他心想。她的面容像极了他喜欢的人，她老的时候一定就像眼前老人的模样吧，那么安静，那么美。她身旁的老大爷，他肯定，自己年老时一定不会像他，他那么慈祥，那么安静。他放弃了研究相貌以及对相貌的奢想。这些，他不会告诉她。

那条蛇，你叫什么名字？你有名字吗？

不想回去。她说。

5

大娘，下车了大娘！公交车司机喊一位正在打瞌睡的老人。师傅，下车了，师傅！司机善意地喊我。那位老人像是刚从一场睡梦中醒过来，带着一种惬意的微笑向司机道谢，佝偻着身子一探一探地向前方走去。天阴起来了，在一个圆柱旁边，她突然直起身，揩拂前额，撕开一张面皮，她突然变得年轻起来，带着属于年轻少女的步伐没入鸽灰色的铁栅栏深处。

向售票窗口走去，我没有马上买去兴义的票。想找一个地方抽支烟，在便利店买了一包磨砂。

移动面包

> 而另一面,任何事都可能发生
> 世上所有的欢乐,星星正在消逝
> 街灯正变成一个巴士站
>
> ——露易丝·格丽克《无月之夜》

我和我哥哥沿着田坎一路飞奔。我不断摁掉鼻涕。梦里弹出一个女孩脸庞,三家寨的,她越看越可爱,越看越喜欢,如今已嫁人,有个可爱的女儿,或者儿子。可现实中我没喜欢过她呀,梦里我很忧伤……我知道车夫在我梦外开了两次门,我一回来洗漱完就睡了,没有喝酒,没有,以往只有喝酒了才会一回来就睡。几小时后的现在,我当然醒了,被蚊子叮醒,擦药的间隙我在思考,用蚊烟香还是电蚊香,哪一种蚊子受得了一些。

我讨厌熬夜,我的惯性熬夜——没来由的强迫性熬夜——这两年我明显感到体内器官有种想要跳出来与我相认的感觉，为了引起我的重视，它们偶尔制造一些小情绪。拿我的额头来说吧，额头里面有什么呢，有个小人儿在开推土机，那个我未曾谋面的小人儿在我的额头内壁灵活地完成挖土、运土和卸土工作。有时他也开压路机，我确信我额头内壁足够平整，压路机过路毫无障碍，闭着眼睛都能操作，他开动机械前只需要确认无障碍人员即可，可我也担心，这种枯燥的作业会令他失去耐心打起瞌睡。比如，和我一样，随便来一场无法预料的梦，梦里他喜欢一个人，他哭了，那女孩是三家寨的。

虫鸣蛙泳，稻尖飘摇，可能有几只蜻蜓飞过，夜色偏暗，谁也没有看见它们。后面是他哥哥，看不到哥哥表情，但哥哥的跟随，让弟弟安全感倍增，肆无忌惮哭泣，一把鼻涕一把泪。梦里弟弟至少十六岁了，一只鼻涕虫，多少有些滑稽。之所以梦到三家寨女孩，大概是从那片稻田梭下去，就是兄弟俩童年和少年寄居的小王寨了——三家寨下面，红岩侧对斜下、水冲过来的寨子——对，小王寨分大寨和小寨……他们的童年就在小王寨小寨度过。

提到红岩寨我有点儿难过。先不说我们那边的红岩，说说我们现在居住的红岩路、红岩桥、红岩村，红岩路相邻宝山南路、月亮岩社区、蟠桃宫社区，这跟我们有什么关系呢？一点关系都没有。

我一直以为那天是八月的一个星期天，是星期天没错，七月的最后一个星期天。我们在红岩桥吃饭，一家标榜"老贵阳辣子鸡"的店里。不是辣子鸡太辣我才难过,也不是因为车夫刚刚失恋,我才难过。

大力鸭来我这儿拿她的电脑,喝了一杯茶后我们决定出去吃饭。车夫早就喊饿了,前胸贴后背。他说。我始终不明白他这一类人,有什么事情比吃饭更重要呢?我不管快乐还是伤心,总不会忘了吃饭这件事,虽然有时候吃饭,也会令我感到伤心。比如某次饭后,我在办公桌前看潘军的《南方的情绪》,坐久了,我总得想为自己这副躯体做点什么(也许想都没有想),我的右手惯性地捞来饮水瓶,这一次喝着喝着我发现我喝不下去了,只是两三口,体内的东西已经满了。我能感觉到,我的肠胃里,一堆油腻的东西,水再倒进去,可以想见,几摊水正流经油脂堆附的胃部、肠道。我陡生厌恶感,同时感到很伤心,起身去卫生间。

可这和我今晚感到伤心有什么关系呢?也许我只是想举个例子,伤心这件事,很多时候就是这么突然。

傍晚,目送大力鸭坐上35路后,回来我一个人待不下了。车夫在玩游戏,他需要让自己走神。我需要出去吹风,在楼下便利店买了一包磨砂。错觉是件难为情的事,某一刻我认为我是抽烟的,那种淡然……这个夜晚如是。我坐在红岩路北岸新建的公园默默抽烟。微信上大力鸭的最后一条消息是,这种天气就该待在35路公交车上,凉快,空调。她的语调和断句方式,也是我一度惯用的。

几个小时前,大力鸭发来消息,起床了吗?我回,起了。她说她十五分钟后到,拿电脑。知道路吗?我说。知道。她回。我蹲在客厅看玉树发呆，它是我今年过完春节从家里带来的。目光移到被巨幅幕布遮盖的柜子，我想起大力鸭这一戏称，也是因柜子而来。那天她收拾房间，移动笨重的衣柜，和她姐姐安妮二人即搞定。安妮在微信上扔来一句，烤鸭力气太大啦。我问怎么了，安妮说出原因。以后叫她大力鸭。我说。这一切只因她不愿等我过去帮忙搬柜子。

我们的柜子太丑了，我和车夫只好把另一个屋子的巨幅窗帘扯下盖上。大力鸭应该到了，我想从六楼看她朝我的方向走来。手机来电，大力鸭打过来的，她说她在门外。给她开门，她径直把包丢我房间，这一幕令我动容。当然，很快，回到客厅，我给她搬上一张矮凳，我认为比我小的女孩是应该坐小板凳的。很快，车夫从江口回来了，抱着他的答案。我没有马上问他。坐在塑料凳上，我自顾看大力鸭的侧脸，说，六年在你身上跟没有一样。

嗯？她抬眼。2011年夏天，我们去南山。我说。大力鸭笑说，岁月是留给胖子的。

两个月后，我瘦了和你说。我的眼神和语气相当平静。

什么时候去吃饭？车夫嚷嚷。我哈哈大笑，至少等大力鸭喝完这杯茶呀。车夫终于舍得吃饭了，这应该算是一件好事。怀抱伤痛的人只要还想吃饭，多少还是有救的。我明白，车夫不想在我们面前流露出一副悲痛欲绝的样子，换作我，也做不来，悲伤是属于自己的。两天没好好吃饭，这是车夫对他两个月的爱情最好的致意了。

上次我们吃的是余庆剔骨鸭，这次辣子鸡。饭总要换着吃啊，眼前烧辣椒拌茄子，茄子往前十厘米，目光往上移十厘米，锅内鸡块熙攘，我看不出锅壁表情。我一直以为只有在酒桌上才能更好地言谈故事，现在看来，热菜熟饭前也是可以的。车夫耐心交出故事，我却残忍地认为，这是事故。

大力鸭想知道，为什么分了。车夫以一个说书人的口吻说，不爱了呀。我知道他们分手是"历史系"先提的，"历史系"算是我和车夫对江口女孩的共同称呼，每次谈起她，不管他还是我，一说起"历史系"，就知道我们指的是谁。谁让我还没来得及认识这位姑娘呢，之前只知道她是车夫他们学校历史系的。

江口县。贵州高原向湘西丘陵过渡的斜坡地带，贵州省东北部，梵净山即位于县境西北部，江口、印江、松桃三县交汇处。为数不多的几次，在江口县，某个楼阁内，或是入住的酒店中，车夫以为，他一抬眼，就看到梵净山了，再抬眼，他和历史系就坐在梵净山金顶上了。这是武陵山脉的最高峰，那些早晨，红云环绕，历史系在悬崖边笑靥轻漾，车夫在悬崖另一侧蜜意柔情。而这次，车夫亲眼看到掉下悬崖的自己，云海只给他留个脸庞，看不到四肢，他脖颈以下的身躯被云海吞没，车夫几欲挣扎，晃动脑袋，天气太热的缘故，透过酒店地板，他的目光与云海中不断坠落的那副脸庞对视。掉落的脸庞更可怜，他无法动弹，看不清自己是握拳还是松软地摊开手指。云海翻腾，唯独自己那张脸庞，自始至终，无法淹没。

谢谢你，在这旋转的世界留给我温柔的一瞥。车夫难得地挤出半边脸笑容。

天气热得令人心慌。七月的最后一个星期六,小城,长街。也许明天就不喜欢了吧,谁知道呢?鬼知道。办理入住,歇上一阵,车夫没有抽烟,这一刻他忘了自己是抽烟的。关上酒店房门,他决定把他们走过的地方再走一遍,每一步都在向云海那张脸靠近,无法打捞,就多望几眼。山顶上那张无邪的脸庞,女孩的笑声伴着山风。

但愿不是一张要死不活的脸庞,游荡在你的小城。车夫颓然。日光过于毒辣,他应该带一把遮阳伞,或在某个店面买顶帽子,他可以假装刚从梵净山下来,他不过是在江口停留一天。事实是,他早上五点就起来了,从贵阳赶到江口,坐最早一班汽车。走出车站,他没有第一次在江口下车那天的待遇:历史系早在候车室外,他一出门,就得到一个结实的拥抱,一罐凉茶。

这是他第三次踏足这个酒店,第一次是历史系预先给订好了。第二次,是他去铜仁考试,考江口县的信用社,考试结束便奔向酒店。这次,他只想确认一个结果。而所有这些,关于酒店,就只剩一个模糊的吻和几个结实的拥抱,以及几张快要融化的合影。

"对不起,你应该恨我。"昨天的短信历史系说,"我以为我是爱你的,只是当你说你爱我,爱字出现,我在心里发问,我当真是爱你的吗,可为什么没有感觉了?我感觉不到爱。最初是我预先把爱情的伞沿倾向你,说离开的也是我……你应该恨我。"临窗,楼下行人悠闲踱步,仿佛燥热的天气只是略作调剂，提醒一种存在，日子坚韧不拔生长，江口居民安居乐业。

给你的口红——唇釉，我第一次知道这个词源自你——我放前台了，希望你明天来拿，它们是在你还爱我时给你买的，本打算，等你生日再寄给你。希望你来取，它属于我们即将别过的感情，是我仅有的、没落的问候。车夫继续留言，善待我最后一次。

从旅店出来，车夫抬头望了一眼住过的房间，那两次她便是从他身后这条小巷走来。她扎马尾，要么长发披肩，他一开门最先看到的是她幸福的笑脸。他笑得像个傻子。回头，穿过小巷，沿她来过的小路。走到"谭妹粉店"，凉粉依然很好吃，而此前，燥热难耐，车夫也想和第一次来的那天一样，买个西瓜。可他犹疑了，自己吃多大的瓜适合？

那天他们找了很久，才买到两把勺子，一把黄色的，另一把是绿色。我就知道你会选择绿色的。车夫说。历史系笑，舀了一勺车夫手里的瓜。因为勺子的缘故，或者仅仅只是因为瓜，他们吃得很开心。最后，车夫悄悄把两把勺子藏到背包里。买勺子的地方，车夫还记得名字，转盘批发零售超市，电话——662……

662后面的几个数字，他怎么也想不出来。老板娘给他端来一碗南瓜汤，车夫想道谢，喉咙发声器出故障。付钱时，车夫准确找出相应的面值，认真说出谢谢二字。老板娘温和的笑容留在他身后。

这场孤旅因为有路牌陪伴，终究不是太孤单，天平河路、汤家路、滨江街、梵净山大道、凤凰路……

江口什么都好,尤其树多。有树的地方便有人家。找了许多不知名的巷子,车夫还是没能找到历史系原来的住所,想来是记忆出了差错。车夫知道,那是历史系最爱的家,童年时期因她和妹妹的大意,把房子给烧毁了,她们的父亲,一位思想前卫的中年男人,并没有训斥她们姐妹,相反搂住姐妹俩,更对她们关爱有加。抚平她们的心灵后,他们搬到了新家。

有时树叶比食物重要。车夫说。他们一起走过河滨路,拍树,看树叶。路过的小姑娘,看看树,看看他,像看个傻子。那天历史系说,她喜欢树的影子,喜欢从窗户能看到树枝的房子……

水也有心情低落的时候。车夫说。这个下午,他沿着河滨路,路过那个公园,水比那天他们一起散步时浅很多。当时她说,想下去玩水,想下河游泳。车夫开始畅想他来江口应有的光景,在河边钓鱼,买趁手的鱼竿,钓一整天……最后他们为桶里的鱼展开讨论,为养不养鱼的问题也温柔地争辩了几分钟。

车夫走到那家土酒馆,两层瓦房,一楼房舍外围是石头砌成的。那天他们在靠近左边灯笼的位置吃饭、喝酒,米酒很甜,俩人只喝了一斤,车夫却率先有了微醺的感觉。佳人在侧,美酒做伴,他们的幸福红得像只灯笼。可今天,灯笼颜色令车夫感到心碎,他不敢抬头望,眨了眨眼继续扮演路人。他想到自己的笨拙和愚蠢,他甚至怀疑亲吻和拥抱该有的模样,手势及其他。他还路过那天晚上一起去的烤鱼店,老板人很好,瓜子有些发霉,不过平平淡淡的生活,不就是如此的吗?再次走到那座寺庙门口,透过庙门,男青年和江口女孩一起拜佛,那是男青年第一次烧香。最后女孩说,希望你能活得久一点。男青年在寺门外流泪,他想到自己经常熬夜,习惯性熬夜……在俗世中生活,一点烟香,一点关爱,眼泪也是温暖的。

和所有失恋的人一样,车夫总要找点什么事情度过那段时间,他选择看电影,不断地看电影。历史系说明立场那天,刚好是他辞职那天。中午,他在路边面包店买了一块面包,一瓶酸奶。像是预感到什么,他突然觉得没有食欲,那就先放着吧,面包,酸奶。直到下午,历史系发来消息,我以为我是爱你的,只是当你说你爱我,爱字出现,我在心里发问,我当真是爱你的吗,可为什么没有感觉了?我感觉不到爱……

辞职,等于和现有的工作道别,他并没有马上乘公交车回住处,而是选择在花果园逛一圈。仿佛这儿仍旧是江口县,没有记忆,没有陪伴,和很多路人擦身而过,他没有看他们,但分明感觉到,行人表情各异。这不是她的江口县,也不是他的花果园。在花果园湿地坐了一个傍晚,情侣来来去去,他想起电影《爱在黎明破晓前》,陷进别人的故事。他一度想也会有如此美好的一天,把整个江口县的街景走遍。

死也要死个明白。车夫说。在江口下车后他明白,等他的，只有那几条街，几个停留处，树叶也是模糊的。树叶应该长什么样子，车夫下车那一刻有些恍惚，太阳还未高悬于中午的天空。他像是晕车，或者只是稍微有中暑的模样。她知道他到了江口，他们并没有约定见面，最后的默契即是不必约见。

除了七月末的最后一个星期天，在红岩桥的那顿辣子鸡，车夫有着旺盛的食欲，在接下来的日子，一切又还原回去，从那块面包开始，似乎真如他所说，胃变小了。那块面包后来出现在我房间里。暂时没有找新工作的车夫，白天，偶尔躺自己屋里，偶尔瘫在我房间，带着那块施与厚意的面包，车夫试图多咬几口，无果。最后是我替他扔到垃圾桶。看着躺在垃圾桶里的面包，车夫说，我还欠你一个垃圾桶。

垃圾桶事情起始于一年多前某个凌晨。历史系发了一张照片给车夫，那是一个海滩，海滩上赫然留着车夫的名字。那个凌晨，车夫爬起来抽了整整一包烟，时间过去了多久无法计时，白天，和今天一样，是周日。白天没看出他和往日有什么不同。到了傍晚，他从楼下小卖部抱一箱啤酒上来，喊来好友陈建宏，我们三人喝酒，我们当然不知道车夫发生了什么。车夫说，你们随便整，我求醉。这下好了，玩"吹牛"、斗地主、划拳。三人的酒也可以喝出很多花样，青春难道不是用来浪费的吗？此外我们找不到任何理由。最先躺下的是陈建宏，喝太快，我们还混喝了一点二锅头。最后，把车夫送去躺下，以为什么事都没有，不到一刻钟，他摸出房间，从客厅抽走我新买的垃圾桶，吐了出来。现在想来，当晚外面下着雨，又或者仅仅只是车夫的呕吐物撞击垃圾袋发出的声响。最后车夫趴在床尾莫名其妙地哭了起来。

我说，有什么想不开的呢？大概因为醉意，车夫的抽泣声时断时续，我在扒拉我的故事陪他。我不知道要怎么安慰他，其实我们一样，我说，我们都是没有未来的人，我们的恋爱，并不会那么容易就谈起，我们的青春是无望的。喜欢一个人会难过。车夫的难过，是隐约觉得历史系喜欢他，而他，以一顿暴饮对预感及没有把握的明天做回应。实际上他并没有喝多少，但分明吐了，有了哭泣的勇气。

车夫随手一捞垃圾桶，准确无误扔向窗外，嘣的一声在楼下炸响。我惊讶于他的表达，不过对一个伤心醉酒的男人，能苛求他什么呢？

那家老贵阳辣子鸡，老板大概给我们盛来两碗南瓜汤。车夫开始笑，一场恋爱的快速开始，也不过是加速它的灭亡。你这是把精力消耗了，语音通话可以聊七个小时的人。我说。还要考铜仁吗？我又问。车夫夹起一块肉，放下，又夹起。大力鸭在桌底下踩了我一脚。我继续戳车夫的痛处，吃完这顿饭，你可以不吃几天了，悲伤可以填饱肚子。我明白他这类人，遇到伤心事，断然不会想到吃饭这件事，仿佛他们有更重要的事情需要去劳神，比如堕落，堕落谁都会，就看我们如何消耗悲伤。

我居然看不出车夫的未来，我是说接下来的打算，我的本意可没有把"未来"说得那么远。在今年的5月20日那天，车夫出门骑行半天后，他们的恋爱开始。实际上车夫并未看到他们的"明天",暗恋之人突然有天说她刚好喜欢自己。这该是多么幸福的时刻,可车夫感到了巨大的悲伤。两年多来,他们之间维系着简单的问候。

毕业快一年后的 5 月 19 日,历史系和他说起她的感伤。她的妈妈居然催她相亲,车夫傻傻地回,很好啊。可我他妈喜欢的人是你。历史系说。车夫失眠了,凌晨抽了半包烟。几个小时后的白天,他企图通过洗衣服忘掉难过,最后在中午时分,邀他的朋友吴洪飞同他骑行。如果我能熟练骑自行车,想必这场陪伴该由我来了,我的车技只限于走直线,转弯绝对要摔倒。

傍晚回来,车夫说,他想通了,生活难道不该顾当下吗?我是爱她的。

接下来青年车夫说,他急需一份工作,死活要考去铜仁,或者江口。我当然对此欢呼拍掌。他每天做一百道题,每周坚持四次夜跑。本来夜跑是我在他谈恋爱之前提起的,我自己跑了一天,后来和车夫跑了两次,我便中断了。他们的感情,鲜活,积极,前卫。他们聊历史,聊小说,聊电影。历史系开始把她看过的书寄给车夫,如此,她读过的,他即将去翻阅。他也决定,比以往更加热爱阅读,把所看的书寄去江口。

他们之间,聊天能聊出诗来。我无比喜爱的是他们恋爱之前的那首《简讯》:

放着放着就空了

人也就空了

你这样说，让我想起了

寒山寺

晚饭结束，我目送大力鸭离去。红岩桥，35路。我突然生出一种无力感，我把抓拍她的照片微信传给她。红岩桥，35路，大力鸭单肩挂着她的双肩包，左手提电脑包。我没有马上离开红岩桥，正对着前面的"老贵阳辣子鸡"，里边的人影还在，我坐在西面，大力鸭坐北面，车夫坐南面。饭桌上大力鸭没有说她的故事，似乎刚毕业的她需要的只是听我们说，尤其是车夫的。中间我说过一句话，我的人生就是一个笑话。

其实我想说我的娃娃亲，我却说了另一个故事，看起来确实像个笑话。我说我初中读了六年，这个故事车夫听了不下两遍。但我说给大力鸭听的，读书年龄太小，或是和性格有关，上初二了我还在幻想自己飞檐走壁，各种神功，各种内力。成绩自然不好，彼时没有什么追求，而之前的初一，我已经上了两年了，第一年初一下学期期末成绩太烂，七个科目总分考一百九十多分，除了语文刚好六十，其他可想而知，我主动要求留级。第一次中考差四分没考上晴隆一中，当时的说法是留级不能留初三，没有生物、地理会考成绩，得从初二再读起。事后证明，其实留初三也可以参加中考。

不像笑话。车夫说。是个悲剧。大力鸭说。

其实我想起"红岩"二字，中间那个时段我走神了，刚刚我们经过的红岩桥,桥栏正中间的"红岩"二字从左至右铺在我脑际。

我想起和我订娃娃亲的那位姑娘,佳。我想说的笑话(悲剧)是这个故事。

2010年6月的某个下午,快要出校门前我就看到她了。我特意抢先一步,和她共同走出校门。人群稠密,我和她相隔不到十五厘米。我们并排出校门,之后散开一些,我走在两米之外的右边,我们同在一条直线上。这中间我特意落后几步,斜线距离仍然是两米,走了几步,我又加快脚步,我们又回到了直线距离两米的图样。我没有同她打招呼。我认识她,她没有见过我,即便她此刻望向我也不知道我就是与她订娃娃亲的那个男孩。快到天桥下,我又落后了两米,斜线距离。之后看她上桥,我右转,向着更长的直线距离走回住处。那时候我们学校有一部分学生在校外租房住,我想不出来,她住哪条街。我没有看她过桥,确切说我害怕桥,桥链接的另一端是另一条路。

原来从此时起,我就害怕桥了。

更早的一次是2009年初,开学没几天,我在一个叫"千里香混沌"的餐馆吃饭,里边是矩形格局,直接面对门外。我坐在其中一张桌子跟前,椅子是特殊的塑料材质制成,橙黄色。木桌也是橙黄色。她走了进来,和她的同伴。我在矩形的三分之二吃混沌。她向最里边的三分之一落座。她同伴斜对坐她对面,她正面面对我。我知道她是她,她是佳。她不知道我是我。我们就这样吃完一顿饭,起身那一刻我遗落了另一个自己，很轻，飘出门外。

这两幕我跟车夫说过，车夫感叹，一副恨铁不成钢的样子。并不是要你和她谈恋爱或者其他，打声招呼，聊聊近况，有什么呢？或者某个假期你路过她家门口时上前打声招呼。二十多年没说过一句话，你们只是因为一个名义，彼此名字联系着。可惜的可能是，你再不找机会和她联系，直到她结婚那天，你们没有说过一句话，这不是一件很悲情的事情吗？我恍惚无所言。那个晚上我给我的一个表哥留言，我说周末快乐，比我大几个月的表哥并没回复我。其实我想通过他，问问她联系方式，做到问候几句……

去年过年的某个赶场天，我去镇上她家店面，带一瓶酒，想着问候她的父母，这是我们布依族的风俗。更多是想，借机可以问她联系方式。到她家店面时，我对她的妹妹做了一番自我介绍，她妹妹乖巧地称我为哥哥，实际上我也是她表哥。我的外公和她爷爷是亲兄弟。我却没有问，你姐姐在家吗？我只说了四句话，外公在家吗？舅舅舅妈在家吗？这是给外公的酒。这两个红包给你和你哥哥……

这是我参加工作七个月后的首次问候，也是二十来年的初次勇气。在我还是少年时，我的外婆数次对我说，去拜访一下舅舅，你不去，就像大人不会教一样。我想因为自己的自卑，那个我视为"笑话"的荒诞剧，初中上了六年，以至于我最后晚她两级。还有，可能那也是个重大原因，我十六岁不到便寄居在外婆家，心理的孤僻使我不可能变得阳光。

去年腊月二十，她结婚。我不知道我为什么没去，最后的有限问候被我无声抹掉。我们至今没有说上一句话。

晚上，我坐在红岩路北岸新建的公园长椅默默抽烟。

我开始虚构自己，此刻正登上黔灵山最高峰。夜景不错，巨大的黑夜下，贵阳城上空在灯火扫射下，更多显现出一片疏松的灰色夜幕。我的手臂若是足够长，伸手搅一搅，也许还能捞起空中浮萍。

有蝙蝠从我头顶飞过，夜色的缘故，或者我只是想煽情一下，它们看来像是青色的。

青色蝙蝠。

而2017年秋天的这个深夜，我做了一场梦。

我和我哥哥沿着田坎一路飞奔，我不断揩掉鼻涕。梦里弹出一个女孩脸庞，三家寨的，她越看越可爱，越看越喜欢，如今已嫁人，有个可爱的女儿，或者儿子。可现实中我没喜欢过她呀，梦里我很忧伤……我知道车夫在我梦外开了两次门……

醒来我一脸颓然，看到车夫一脸迷茫地开门从他的房间出来，上个厕所又悄然回屋，关上门。最后他出来，在凌晨的客厅压住饮水机按钮，流水声掉进他杯子，之后是打火机响声。

车夫走进我屋里，我和他说这场梦。你寂寞了。车夫说。怎么办？我问。车夫去橱柜里倒腾酒，喝的是那瓶我始终厌弃的威士忌。这个凌晨我们再次喝酒也就理所当然。我们没有说往事，只喝酒，也许我可以说起小时候，可能，我和我的娃娃亲有过一次正式的交谈，她和她的爷爷，或者她母亲,来拜访我的外公外婆。我去给她开门。这个印象根深蒂固,即便当时年代我们没有时兴敲门,可我始终觉得,六七岁的佳敲过我童年外婆家那扇门。

再有一次,也许我长到八岁了,某次在小姨家玩耍,我讨嫌的哥哥对在医院院坝玩耍的佳说她是我老婆。自然,佳向我的小姨告状,哥哥挨了一顿训话,我记得那时有人在打鸡爪果,如果我知晓鸡爪果的成熟期,我就知道那是什么季节了。我记得,我拿起盐水瓶,追着哥哥好几圈。当然,我不会真用盐水瓶砸我哥。最后我不知道我有没有追上我哥哥。可能吧,我们一同出去玩下一个属于小孩的游戏去了。童年的佳,也只剩一个模糊的身影,再后来,我在佳玩耍过的地方,某棵杉树下,照了一张照片。那是我童年笑得最开心的照片之一。

接下来的一两年,某天哥哥告诉我,佳是红岩的。

红岩在哪里?我问。

三家寨下面是红岩。

红岩下面呢?

红岩下面是小王寨。

……

我和车夫断断续续碰杯,我们可不会喝醉。

我们终于撕掉沉默。

接下来我们该做些什么?

做些什么?

嗯。

跑步。我说。

跑步？

我们陷入长长的思考。

奔跑……我不清楚因为桥，还是因为楼，等我们的，是什么？

有什么？

南明河。我说。

威士忌还难喝吗？车夫问我。

智齿

那时候他有点落寞,那是一种属于好脾气男人的落寞。当然他也说,他脾气其实也很坏,尤其对他在乎的人,是那种"怒其不争"的坏脾气——唠叨,无休无止,就想让对方明白,你听听我说的又会怎样?我只是想让一切更加精准,恰如其分。

这样的次数多了,在对方那里就变成"斤斤计较""婆婆妈妈"。这样评价一个男人多少会令人心酸,让人难受。忧郁肯定不是从这时候开始的,但每一件不开心的事——哪怕没什么事,他的忧郁也会无来由加重。

他也不清楚自己到了何种程度。前两天,他又开始说几年前说过的话:我怀疑我有些抑郁。他预先拿捏语气的分量,试图说得轻松一些,显得一切不是那么确定。他习惯了不让朋友担心,并且尽可能不和人倾诉。而这次,他通过网络聊天工具,向一个写小说的朋友说起。

朋友有些惊讶，你是不是会突然心情低落？朋友问。经常，他说，没有原因。朋友聊起他的一个朋友，说对方的情绪时常会一下子很低落，对很多事情都没有兴趣。他吃药。我不吃药。他说。

　　提其他的吧。他率先扯开话题。走到一家叫"好运来"的排骨饭小店门口，他直接向收银台走去，一份炖鸡饭。他说。要加卤菜吗？服务员照例询问。不了。他说完转身去左边放有免费小菜处，青椒炒西红柿，是他喜欢的，还有土豆丝。他选最边上的角落低头慢速开始他的晚餐。

　　他已经连续四个傍晚吃炖鸡饭了。或许仅仅是因为，上个周末的一个懒觉，醒来和那位未曾谋面的旧友聊天，朋友问他，感冒你一般做什么？他说吃药、睡觉。活该你胖。她说。并且道出她的一些养生经验，感冒一般是体虚引起的，这时候她往往会去菜市买一只鸡，回来炖汤喝。"养生"一词，于他太陌生了，他不想养生，倒是觉得自己感冒一个多月了，或者这几年，大部分的夜晚都在感冒中度过。

　　姚小瑶给他发照片时，他正在给一部书稿查红。即将到来的周末并没有给他带来安慰，反而多了一层隐忧。他清楚，这个周末不会与以往的任何一个周末有什么不同。

　　非要说点异样的，是他带着半边肿脸凝视姚小瑶发来的照片。"李小河"，三个字划拉在雪层上，明晰无比。

　　他不喜欢这个名字，那只是他的网络昵称有个河字而已，小河这一称呼，让他觉得自己仍然还年轻。他不止一次告诉她，姚小瑶，我叫李向东。李小河好听，李小河喜欢河。可我喜欢大河。你们家没有大河。

垃圾桶盖上划的？

这里下雪高速公路都封了。

你在哪里？

南京。

替我去秦淮河了吗？

我在夫子庙。

河水凉吗？

你跳下去大概就知道了。

也是，我需要冰敷。

你说什么？

我说我脸肿了。

女文青扇的？

医生用钳子夹的。

他开始向她诉苦，"智齿"俩字打多了，同客户说话，"欢迎支持"他都打成"欢迎智齿"了。该死的输入法。他说。

什么是智齿？她问。

你百度就知道了。

我不要长智齿。

嗯，梁咏琪不长智齿。

别开玩笑了李小河。

梁咏琪同迪丽热巴的合成版。

才不是。

我们的午餐要开始了。

替我多吃点。

不可能。

看在我只能吃粥的份上。

你还吃了一个鸡蛋呢。

一个小时后我就饿了。

小河……

啊?

没什么。

姚小瑶没有再回消息,他开始回想昨天上午的情景。拍片后,医生在电脑上给他指出两颗智齿均埋在牙龈里,相当大的两颗。两颗都拔了吧。医生说。先拔一颗吧,我怕无法进食。他说。医生说明拔牙的过程,说了一堆令他脑袋空白的词,"骨劈开术""牙龈分瓣术""高频电刀加收"……有问题吗?医生问。啊?他皱起眉头。牙床会削掉一点骨头,后期可能会隐隐作痛,但不用担心,两三个月就没事了。偶尔的隐痛感也都是正常的……这些有问题吗?没问题。你打算用一般麻醉药还是舒适麻醉?也就是用进口麻醉药。进口的吧。他回答。脑子里响起在收费及挂号处时被问挂普通号还是专家号。专家号。他说。

一切似乎从泡椒粉店老板给他端上一碗细粉开始,他的心情变得更糟糕。他们先前已经用普通话交流过意见了。原汤粉，清汤就行。他补充说，不放辣椒。我们这有好吃的酸汤，酸汤不辣，放心吧。老板说。他想起酸汤鱼之类的火锅，锅里漂浮着红汤，确实不辣。这期间他还多和老板说了两句，加粉，加肉。他怕回去后晚上很快又饿了。他突然意识到，自己居然不说方言了，在多次点餐无效后，他还得用蹩脚的普通话说一遍，这让他深觉疲累。他也纳闷，平时说"一碗粉"别人都会听成"两碗粉"，像今天中午，在一家标注"养身煨汤"的小型餐室，他用方言问，有没有西红柿炒鸡蛋？老板连续问他两声，需要什么？显然对方没听懂。他不得不动用差劲的普通话。付钱时他又用方言说话了，但可以想见，这类交流毫无障碍，即便他一句话也不说。

老板给他端上大碗牛肉细粉，他分明看到一颗泡椒立在大碗中央。他心情突然沮丧起来，泡椒不是辣椒啊老板！当然，他没有说出来。很多客人就是为了我们这碗汤来的。老板心满意足地说。他趁去饮水机处接水时，再次瞅了瞅墙上的价目表。原汤牛肉粉即在第一个。他想，自己是不是应该配合一下，尽量让表情投入些，一副正在享受美食的模样，额头冒汗，两耳冒烟？

红岩桥什么时候多了这么一家泡椒牛肉粉店他竟然没注意到。想想也是，最近他对"桥"这一事物绝望极了。桥这头，还是桥那头？过桥后是不是就是走到另一头了？诸如此类疑问，每每令他的沮丧感加重，又沉下去了些。他清楚，总有一天，一切会压垮他。这些沮丧会把他往地面拽，一根看不见的线拴住他身体某根骨头，地下有一双无形之手在凶猛拽线。

他放下筷子,打算用右手轻轻摸一下下颌骨,最后只动用了食指去感受他想象中的凹陷。他好像感觉到了,一颗黄豆般大的凹陷。关于智齿,从前没有人跟他提起过,事无巨细的母亲,居然没有在他十六岁以前告诉他。

在大街上吃药,吞咽药丸颗粒时,他突然因生而为人产生了羞耻感。这时候他还没有读到太宰治的《人间失格》,如果他早一点读到它,哪怕拔了这颗智齿后读到,他估计也会觉得,生活还是美丽的,遗憾多得令人心碎,太宰治几乎可以成为他的密友了。当然,他们没有遇到。

他们其实已经分手多次了。分手的原因很简单,他们都是脾气暴躁的人。

其中一次,姚小瑶打来电话时,李小河还差二十五分钟到下班时间。

有事吗?

你还没下班吗?

是啊。

我又忘了你什么时候下班了。

嗯,有事吗?

没事没事,先挂了吧。

……

怎么看这样的对话都很轻松,她有着小女生的小调皮,他也有大男生的沉稳样。问题出在他们都是脾气暴躁的人。

他立刻回了一条短信过去,你真行,我以为啥急事呢。

为啥每次打电话,你都认为我有急事?

按照以往他们肯定会再吵闹一番,可是今天很不愉快,他们连理论的心情都没有。姚小瑶说你把我拉黑了吧,这样我就打扰不到你了。他把她拉黑了,电话、QQ、微信统统拉黑清空删除。

我说过,我们十二点下班,一般情况十一点五十左右去食堂吃饭。你为什么要在十一点三十五分给我打电话呢?

通常的理论无外乎那几句。他们的吵闹总是在一定的套路内施展语言的拳脚,他不知道这几个月来自己有没有被打掉一两颗牙或者手腕某处多了几条抓痕,他知道每次这样他的心情会很差姚小遥会更失落会更不开心。通常,每次挂电话后一般是他咄咄逼人地扔一大堆话过去。

这不是打扰不打扰的问题,是是否理解、支持一个人的问题。比如你是学生有课时你会在十一点五十前下课?我毕业了工作了你就该知道我每天在干吗吧?

没急事人家上班时间你打什么电话?我以为你是个懂事的人而已。

是的,他以为姚小遥会是一个懂事的人。姚小遥肯定也认为他一直是个潇洒大度的人。小女生怎么了,打个电话至于吗?问题是他计较了,他先计较的,对于他的暴躁姚小遥被迫接招,她不得不以果敢的答复终止矛盾激化。

如今什么事都没了。

十一点五十几的时候他去食堂吃饭。他应该在考虑着什么事情，他周身笼罩着一些模糊黏稠的气泡，没完没了，他去哪里它们跟去哪里。他坐在长条饭桌前一声不吭地把米饭刨到嘴里。他发现菜怎么都吃不完，米饭怎么也吃不尽。他忘了现在是夏天，这时候的饭量肯定不如冬季，他还买了他不喜欢的苦瓜，可他偏偏把苦瓜消灭殆尽，今天的苦瓜做得比较对他胃口。吃撑了比什么都要苦，他告诉自己不能吃撑，于是端着饭盘放进餐具收放处后狼狈出逃。

后来他们又如何和好，已经不重要了。这只是其中一次，如此而已。很多时候，他因为生闷气，饮食无味，便会想，姚小瑶，你这时候打电话给我多好呀，你为什么不问我吃饭了没有？这几乎不可能的，他们的时间——有空的时间不一样。姚小瑶下课了，看到一只蝴蝶，也要拍照发到他微信上，在她还没学会怎么拍照好看前，她都是拿起手机连拍，目的明显，她要把她看到的发现的一切新奇或不新奇的东西拍给他看。有时还会打电话过来，说看微信，看QQ，快看啦。他怎么可能及时看呢？他不是时刻在线啊，再有，上班时间他是不在电脑端登录私人QQ的。姚小瑶知道他有工作QQ后，嚷了几次，非要加上。他说也好，有重要事情，你发到我工作QQ我就能立刻看到了。这下好了，姚小瑶遇到一些琐事，便会扔一堆话到他的工作QQ上。

以前的姚小瑶并不粘人，你想象不出一个女孩换一个学校后，为何反差会这么大。那时候他们都还在曲阜一所学校读大专，她升本时想继续考在本校，后来到了鲁北的一所学校就读。

　　他们还在曲阜上学时,她把他喊出来多一些。她把他喊出来,秋天了呀,她说,你不去上课总要出来走走。他们约在西操场见。她在栅栏边晃了晃手机。他双手插兜向她走去。他们只是笑笑,没有说话。她从包里拿出几本黑色封面的书籍,没有拆封,递给他时说,生日快乐。他没有说谢谢,他想替她背包,顺便把书放进她包里。但他没有说出口。他拿着那三册《卡夫卡小说全集》,有些沉。他们围绕操场走了一圈。难怪你问我想看谁的书。他说。她从台阶处蹦了下来,哎哟一声,扶住他肩膀。她说她昨天去爬泰山了,一直登台阶,她本来想喊他,但知道他宁愿用所有时间来在宿舍睡大觉也不出门,想想也就算了。她说"想想也就算了"的时候,他替她感到有些委屈,更多的是歉意。但他们的默契是,不用说太多。如果抱怨多了,他也不会改变几分。唯一不改变的是,每次他出来见她,都会先在宿舍洗脸刷牙了才出门。并不是他有什么难言之隐或者爱美之心,而是他觉得他的一天,是从夜晚开始。清理一下面容也就是自然而然的事情了。

　　他让她的手搭在他的肩膀上有十多秒,这没有什么,她也只是轻微搭着他的肩,如果可能,他还是愿意将手腕借给她。这念头只是一闪而过。他拿下她的手,没有说话。他们继续绕跑道走,他忘了她刚爬过泰山。她也没有再说爬泰山有多累。她再次从包里掏出一个小东西,那是一个木制的平安符,是她从泰山山顶给他带的。她说知道他不过生日,但在这一天拿给他还是挺好。他终于说了一声谢谢。要真想谢我，哪天陪我喝一场酒啊。他当然没有答应。在北方，他和舍友的几次饮酒，除了啤酒可以勉强应对，白酒可是折磨得他不轻。他想不出要请她喝酒的理由，也想象不出和她喝酒会是什么样子。

再有一年他就回南方去了。他知道，她也知道。他们的默契一直属于夜晚，偶尔也属于白天。在他不得不去上的课，她会在 QQ 里发消息给他，喊他出来。她往他口袋伸去，放下一个肉松饼，或者一块巧克力。她说她是来拯救他的。自从知道他每个学期都挂科后——在她们舍友闲谈时听说的，说他经常挂科。作为学霸的她想不通，一个人怎么可以无数次挂科，她觉得自己有必要拯救他。她用了"拯救"二字。课余他们怎么搭上话的倒是忘了。此前他们有一阵没一阵地在网络聊天工具上聊过，多是她问他家乡的情况，他回答。或者她拍到好看的照片，会发给他。他也偶尔回赠给她几首他刚写下的现代诗。

之后，在她的生日那天，她把他叫过去。他们约在图书馆四楼见面。选了一个走廊边的书桌，她给他看她写下的新诗。他说了一些个人看法后，拿出一本《北欧现代诗选》送给她，说生日快乐。她则从包里拿出一条白色的毛线围巾，她说她第一次学，没有织好。他手有点抖，幸好成功接住了。他觉得她并没有发现，她已经低下头去，没有看他。

他们的关系极速变亲密，可能还有每天晚饭时间的加持。他们约起在西门或者东门见，他们总是临时才决定要去哪一家餐室就食。有时是馄饨，有时是盖饭，有时是土豆粉，有时是砂锅粉。他们都会记得，在一个独特的餐室里，天花板一角挂着的灯笼上站着一只燕子，那只燕子在灯笼上张望屋角，对着玻璃窗子发呆，全然忽略在室内进食的他们。每次吃饭她总是不好好吃，或者是没胃口。她在准备升本，考试时间愈加迫近。他们一起吃饭一般都是他先吃完。这一次更是见她迟迟没将眼前的盖饭消灭。他说你是不会吃饭了，说着拿起她的碗大口大口吃起来，用的是她的勺子。她呆住了，她可是没吃下几口。她从他手里抢过碗去，说，别用我勺子。她没有看他，继续慢吞吞吃饭，比先前还慢，但总算她在吃饭了。过了很久，她终于将碗里的饭菜全消灭掉了。

　　他们不说多余的话，只会说她的担心，以及他的无所畏惧。她担心她升本不成功或者他不能顺利毕业，他还有几个挂科的科目在等着大补考。他还不知道毕业了要干什么，多次为了不让她那么担心，他说他考教师，回去当个小学语文老师。她稍感安心，这就造成了两个不同的镜像，女生在图书馆自修室学习，准备升本事宜，男生在他们宿舍楼的自修室学语文教育的专业知识。

　　此前，他其实有过另一个理想，就像那次与那位阿姨见面时所说的那样。彼时那位豫地阿姨路过，坚持喊他吃饭，坚持让他什么东西都不要带，或许他带了香蕉去，或许真的空着手去，或许他带去的香蕉被阿姨坚持让他拿回了宿舍。他还在上高中时他们就认识了，他没想过有天那位阿姨会自驾游路过他上学的古城曲阜。那家餐室叫"两岸咖啡",玻璃昭示其虚幻与易碎的品质。服务生带他进了包厢。之后他想换一副表情同阿姨及其朋友从容言谈,阅历及性格原因,未果。与网友见面前,他可能在读格非,或余华,或苏童,或博尔赫斯……或躲在图书馆期刊室翻阅文学杂志。那位阿姨问他毕业后打算做什么,他说回家待着,写小说。想好了吗?阿姨问,他说想好了。现在稿费多少?他转过脸看向阿姨左边那位问话的女士,那位女强人在向他灌输经世致用的思想。后来豫地阿姨告诉她,回去的路上她的朋友说,那孩子以后没什么出息。阿姨坚持维护她只见过一面的小网友,并相信他。

他后来没有专职写作,正如最前面我们提到的——他正在给一部书稿查红,但他持续敬佩每一个专职写作的同龄人。如今,他真是在过着一些人眼中"没有出息"的生活了。以至于姚小瑶来贵阳找他时,他感到不知所措,他知道一个女生提着行李箱来找他的意味,先前姚小瑶就说考虑来贵阳找工作。虽然他们在曲阜那所学校时没有说过,男生注定要返回贵阳,女生一定会回青岛去。

这个五一节假日,贵阳的阳光正好,天气好,李小河也很好,姚小瑶也很好。姚小瑶没有告诉李小河的是,昨天她就在花果园的青旅住了一晚上了。她住的是一个标间,临时的室友早早就出去了,倒是另一个单间的女孩来找她聊天。那女孩说她闷极了,来青旅的人只有她在旅馆待得最久,别的人都赶着将自己纳入下一个行程,只有她留下了,并且一住就是两个月,她说青旅的房租比外面便宜。如果不是有前一晚在大厅的长聊做铺垫,她会本能地排斥一个来找自己倾诉的同性。她一向不解一个女人何以对另一个女人长时说起私事,这不该是还年轻的她们应该说的话。也就在这时候,她发现自己稍微慢了下来。或许还不够缓慢,但她已经很努力了,她开始做到多年前李小河对她说过的,在任何事情面前,慢一点,不要急。她知道李小河指的是什么,她的急脾气一点也没有令她省心,除了让她会更急,还能有什么益处呢?

她出来两个星期了,这两个星期促使她将一些以前没有想的东西拿出来想了一遍。包括过去他们争吵时拿出来说过的问题,包括李小河说他不会离开贵州,她也不会离开山东。她认真想了,家里有姐姐和哥哥,姐姐和哥哥都离家不远。李小河也还有一个哥哥,但他的哥哥从小就外出打工,疏于同家里联系。李小河能上学,从另一个角度来讲,是他哥哥腾出了机会给他,供一个孩子上学总比供两个孩子上学压力小些。李小河的哥哥很少同家里联系,会不会是他觉得自己和家里的距离愈来愈远,不得而知,这总该不是她要去考虑的。她突然想起,这次她没说什么就来贵阳了,事先也没有和李小河联系。她要怎样和李小河说,她还没有想好。又或许她只是想来感受一下贵阳的生活,贵阳的样子。

这样的方式太熟悉了,她隐约觉得有些冒险,也有些刺激。哗啦倒进来的是一堆自己委屈的影子。难怪会熟悉呀,这多像以前她悄悄去给他买了一件T恤被拒绝的情景。那个晚上他们走到那个熟悉的亭子下,她从包里拿出衣服,让他试一下是否合身。他说他想象不出来有什么理由穿上她给买的衣服。她也说不出理由来,有什么理由要买一件衣服给他。她只好说她去买衣服,看到男式的这件觉得不错就给他买上了,她坚持让他试一试,说不合适她还可以去换。现在那件衣服还留在青岛她的卧室里,她应该带来贵阳,见到李小河就砸到他面前,当然现在长肥了的李小河肯定也穿不上了。

她笑了。笑着笑着又想起她的哭来了,她肯定是委屈的,她当然知道李小河喜欢她。如果不喜欢,为何要教她怎么吃饭?如果她不喜欢他,她干吗要一而再地监督他学习?就算是开卷考试,她也从第一桌将考试资料亲自拿到最后一桌给他。或者,她在第一桌的位置早就将要给他的复习资料准备好,他一进门,她便递给他了。他居然一句谢谢也不说,从来没说过。他甚至不会安慰人。那次她在她们宿舍阳台给他打电话,说她喜欢他。他说不能,斩钉截铁地说他不喜欢她。她最后委屈地说了一句,李小河,给你当备胎你都不要。

接着有一阵他们没见面,她说她想安心备考,升本在即,她很怕自己考不上。她还说她将她的长发剪了,现在是齐肩短发。很好看。她补充了一句。

一直有个声音在他周围回响,那是他的声音,可他不知道具体说什么。想了想,他刚才是不是自言自语了?半天过去,才想起自己原来是接了个广告电话。他只说,你好,就挂了。那边是被设定的语音广告,是他的声音将它们赶跑,当然也留下迷糊的语音扰乱他刚从睡梦中醒来滋生的恍惚。梦里他施展了一个怪异的举动,他打开音乐播放器,找到听歌识曲的功能,对着夜莺的鸣叫识别。很难说这只莺鸟是不是就是从黔灵山飞到他的梦中的。

姚小瑶没有忍住,在零点来临时告诉他,她在贵阳。并且和他开玩笑,说她可不是一来就告诉他了,她可是"第二天"才和他说的。接着发了几个大笑的表情。他说他要过去接她。姚小瑶说她住的是青旅,并且已经睡下了。让他明早再来接她。他说好。

有一年李小河提过几次让姚小瑶到贵阳来,姚小瑶还在鲁地最北那座城市上学,当然也是她性情大变的时候。她脾气没以前急了,但显得她有更多的时间来和李小河说话了。她始终不说自己毕业了去贵阳之类的话语,连"南方"二字也不提。倒是对草原依旧憧憬。她和他谈了无数次草原,仿佛有朝一日,他们就真的可以去草原上了。而这一天,会随着她和李小河又一次谈起草原时近了一些。

李小河不这么想,他倒是真比以前上学时忙多了。他觉得一切糟糕透了。他觉得,时间变了,只有姚小瑶没变,她还是那个坚定自己留在北方的姑娘。这一点上和他的坚定一致。

登上黔灵山，他开始有些头晕，似低血糖，又似往常上班时看稿久了生发的头晕。早上去接小瑶时除了恍惚感，他还没觉得有什么异样的感觉。他告诉小瑶有些头晕。可能晕猴子。他笑着说。小瑶大笑，先前他们一路说很多话，而开始变得沉默，与他们踏进寺院有关，他们到寺院内都不想开口说话了。李小河的头晕也好了些，寺院里的猴子也比院外的安分。它们坐在房顶发呆，或挂在廊柱上远观着什么，看到了什么后才放开柱子，跃到长廊上，向另一端的屋角走去。

孩子们向石缸里投硬币，大人们则在一旁观望，其间又现出几个女青年加入。一个女青年右手上的红绳吸引了他。他忍不住用手机拍下她的右手，姑娘光滑洁白的手腕在池水上闪烁着暖光，不能说这暖光和阳光的厚意没有关联。进寺院的人们，都没有高声言语，拜佛的拜佛，烧香的烧香。他静静地看着烧香的姑娘们，她们的背影相当温暖，相当美丽。他再回头看小瑶，小瑶已看他多时。这不意外，他们以前也这般相互注目过，不说话，就静静地相互望着。这场景重现时，他的恍惚感更强烈了，先前的头晕再次涌来。他想换个地方，过去招呼小瑶说到其他山顶走走，他一直想找寻过去发现的黔灵山一个有铁索的山顶走道。他一进来就忘记方向了。那是在一个周末，他陪朋友爬山发现的。那天他们翻越了六座山，也就在那时，他们发现了那条山顶走道，从山顶可以看到观山湖区，可以看到黔灵湖。

走出弘福寺，小瑶被猴群吸引住了。她想跟着前边的三五青年走那条人们不怎么走的石梯,梯旁坐满了猴子。小河看向猴子们的眼睛,他望到的是危险和不确定性。小瑶看到的是猴群的可爱。李小河不肯上去,小瑶说没事,她坚信猴子不会伤人,她甚至用了通灵二字来说猴子也会明白,它们不会伤人。可偏偏他就见过几次猴子攀爬人身的场景。他看得毛骨悚然。他说他不想让她受伤,也不想让自己受伤。她笑,说你一个大男生……她意识到这会让他生气,没有再说。果然,他没有再说话。姚小瑶说她自己上去,让他原地等他。当然了,他还是一路提心吊胆地跟着她上去,走到半道,前面三五人停了下来,再往前的几级石梯,一个女生似笑非笑地站在道中,他看向她的眼,那是惊恐的模样,如果不是担心她头上坐着的猴子乱来,她肯定会哭出声了。她头上的猴子一直用臀部摩擦她头顶,并揪住她头发摇晃。

到了山顶,他如释重负地坐在一块石头上,小瑶坐在另一边的石块上。她知道他生气了,她也在想她自己的事情。她的头顶上,是两根电线杆立在那儿,电线杆之间用钢条架着一台变压器,一只孤独的猴子坐在钢架上。猴子望着远方,偶尔看看寺院的方向,像在思考它不应该坐在两根电线杆之间,但它不知道这时候应该坐在哪里。李小河没有帮它想出来,那是一只迷路了的猴子。

小瑶,李小河低声叫她,幸好我们什么事都没有啊。

对啊,能有什么事?

刚才如果被猴子坐在头上的是你怎么办?

这不是好好的吗?

是好好的，我们都还好好的。

对啊，我们不逗它们，它们就不会攻击我们。

但我们不能确保不会有意外，它们始终是野生动物，它们不是人。

人比它们还危险呢。

如果是你被伤了怎么办？我被伤了怎么办？

可我们一点事都没有。

万分之一的可能我都不想让它发生，刚才若真伤到我我也忍了，可要是真伤到你我怎么办？

呀，李小河，原来你是关心我呀。

那你关心过我吗？

关心什么？

我有可能会被猴子伤着。

不会。

你就这么肯定？

是啊。

……

回去吧。李小河说。

下山吃饭。李小河说。

她知道他生气了。她还知道他肯定会再次说他们有多么不在一个频道上。

她知道，肯定是这样。

肯定如此。

从黔灵山回来后,他们都累坏了。他坐在电脑前翻开上周落下的稿子审。看了一篇没能静下心。小瑶从行李箱里拿出内衣内裤,向洗刷台走去。她从青岛出来已经很多天了。她出门前和她姐姐赌气,说再也不回家了,反正青岛也不要她。她经历了两次考试失败,一个人去市郊的海边当代课老师,没待几天她提着行李箱返回到门口。她姐姐揶揄她,让你考研你不考,非要出来找工作,受不了了吧。这个晚上她在凌晨给他打电话,是星期五,他被铃声吵醒,他既希望她来,又不希望这就能见到她了。他说等挂掉手机就给她规划路线,他们说过的草原,他们该去看看了,她再不来,他们再不约上,他就要忘记草原了。她在电话里说他矫情,他哈哈一笑。我想看看你。他说。不给。你现在是短发还是长发?你见到就知道了。

小瑶向洗刷台走去,他看着她的头发,后背,直到她被墙挡住。流水冲击衣物的声音,人手揉搓衣物的声音,水里腾起泡沫后人手制造出的声音⋯⋯他再回头看刚才那份稿子,内容说些什么他一概不清。他明白过来,刚刚自己只是在看字而已,没用脑子。她没问他洗内衣该用哪个盆,自是捡着最小最好看的那一个放在水龙头底下。她想什么呢?他不知。她盆里装着她洗好的两套内衣,一套鹅黄色的,一套白色的。他想起他以前说过,以后他们一起去逛内衣店,挑鹅黄色的和白色的。她故意逗她,黑色你不喜欢吗?他笑。红色呢?他把她抱在胸前,吻她。可他没有说过哪怕一句喜欢。每个在图书馆前的夜晚,或物理系廊阁内,音乐系前的木椅上，行政楼旁的长亭里，甚至图书楼顶楼的西北角，那块"学习圣地，请勿亵渎"标示下的长吻，他是什么时候开始吻她的，他当然记得非常清楚，以致他后来的所有APP登录密码都是那天的日期。那天他和她从各自舍友视野中消失了整个白天，她从一大早就去图书馆自修室学习，他则自己待在宿舍里睡觉，那会儿他只有睡觉的份。他刚刚知晓他们黔西南州的特岗教师考试科目只需要考公共基础知识，而他学了一个半月的专业基础知识，来不及看公基知识，他放弃了，自知不可能考教师了，他的性格也不适合当一名老师，因此他更有理由在宿舍睡上个一两天了。那天，他知道他们的宿舍老四照旧会问他需要带什么饭，她也知道她们宿舍的人会叫她一起出去吃饭。所以，从中午的午餐，到晚餐，他俩的手机都是关机的。

那个上午九点，她对他说她快坚持不住了，她怕她疯了。他清楚她一紧张就会想抓住什么捏碎，直至变成粉末，如果可能，她会将自己撕碎，用手指一一碾成碎屑。如果可能，她会去撞墙，用额头将墙壁撞破，一面一面墙壁，被她的额头撞出洞来。他没有多想，对她说让她等他。他开始飞快洗漱洗头吹头发，穿好衣服后向北门奔去。她看到他后先几步向西门走去。他们说好了，出去休息一下，他陪她。不能在宿舍，他们只好换一个地方。他们去了市区酒店。

她像一只刚生下来的蓝色小狗蜷缩在床上，他紧抱她，她双手紧挨，右手背抵床板。他给她盖上被子。这时他才发现自己也穿着一件蓝色外套。他脱去蓝色牛仔衣丢在枕边，他的头没能靠在枕头上,为了更好地抱住她,他也缩至床的最中心位置,她开始发抖,紧闭双唇,眼珠在眼皮底下抖动。他开始安慰她,她可以的,本来她的成绩在班里就是最好的,如果他们班只有一个人能升本,那一定是她。为了逗她,他还说,如果全班只有一个人不能升本,那一定是他。她睁开眼看了他一下,放开手无力地抱着他。他不知是否该后悔,还在提升本的事,本来是安慰她,她听多了反而心更乱。她开始用力抓住自己的头,用指甲恨恨地惩罚自己头顶。他赶紧捏住她双手。为了转移她的注意力。他吻了她,用力地吻着。这是他们第一次拥吻,当然是他不顾一切地拥吻她,他一只手捏着她两手手腕,一只手绕过她后背用力地吻着。她紧闭双唇无动于衷。他一直用力吻下去,她没有松口的迹象。他开始伸手去揉她的胸,隔着衣服揉捏它们。她还在紧绷着身体。他想不到别的办法,也想不出还能怎么办。他放开捏住她的双手。将她的薄衫往上撩,吻她的胸,腹部,小肚子。他最后解开她的内衣,整个嘴唇去呼唤她的胸。他相当用力,像是在喊它们,千万别睡着。该死的考试,他想骂,但没有出声。他右手放弃抱着她,开始去捏她臀部,继而向她下身探去。他相当小心,隔着她的牛仔裤。不可能没有办法的,当你找不到办法后,你便不会再去想办法了。他不再让右手摩挲她的牛仔裤,而是将自己的上衣褪去,将她的上衣褪去,他就那样拥着她躺着。时间早已不再搭理他们。她终于感知到他的体温,他的心跳,他也感触到她的手臂渐趋温暖,她胸前愈加温暖,她的身体松弛下来。

他们高兴地拥抱着,忘了时间。

他们打开手机后,很多个未接电话,是舍友的来电提醒。她的头发乱了,她开始在意自己的发型,他对此感到安心。洗一下刘海。她说。他想给她吹头发,她没让,说,又不是没手。他则用温水抹了一下脸。用吹风机简单吹一下头发后他们决定离开酒店。到大堂去结账,付了半天房价,原先定的四个小时钟点房超时一小时。

你还要看稿子吗?姚小瑶打断他。

不看了。

我可以陪你。

你早点睡。

我买了回青岛的飞机票。

我明天送你。

我不想让你送。

我明早会早起。

早上没吃饭的原因,他饿了。当然,中午饭他也没吃。

桌上的凉茶罐头外卖旁,遗落了一根吸管。先前他没用那根吸管,他清楚这是他的迟钝。他翻出昨晚看不进去的那份电子稿件,那是一份来自山东的稿件。返南这么久了,他偶尔还会被"山东"这两个字击中,甚至错觉,如今的他待在某座山上,山之南,或者其他非向东方位。他会莫名其妙地把自己和山东联系起来,比如他收藏从那里寄来的邮票。

他把硬盘里那个隐秘的文件夹找了出来,里面藏着姚小瑶各时期的照片，其中几张，是他们的合影。他点了全选——Delete。如果现实停留在照片上就好了，一切都好了，那他一定有勇气去接受每一个被称作"今天"的日子。

对面顶楼的鸽房不时有鸽子散落在空荡的空气层里，他今天才认真注意它们，看它们飞翔，听它们的喉音。决定好好地看看它们前，他是被一种近似纸片散落风中的声音所吸引。

是它们，亲爱的鸽子先生鸽子小姐。

河流是一直向前的

1

我披上一件我们民族自己的服饰,是妈妈的衣服,我来不及扣上扣子,妈妈在屋内就开始大喝,你穿我衣服干吗去?妈妈很少发脾气,只是对我这半年的"隐居生活"越看越寒心。我的想法很简单,我就是想要看看在3月8号的今天换身衣服穿究竟能不能带来好运。

稿子上的第一段是这样写的,醒来之前他就把前面几段话写上了。朝阳还说,他要去六栋门看看,要在2月4号这天等一个人。

其实醒来之前他就发现事情不对,2月4号怎么会在3月8号的后面呢?除非弄错了,3月8号就是2月4号,否则他不可能同一天穿同一件衣服做两个日期的事,尽管那是他妈妈的衣服。

他就是在眼前这张有点潮湿的桌子上看到朝阳的手稿的,读它们时就觉得这是一个很好的开头。他寻思着朝阳把故事安排在六栋门是个不错的想法,而在往日,他却从未提起过晴隆的六洞门(没写错,就是门洞的洞,洞洞的洞)。在晴隆,六洞门的这个"六",不念"六",要念"陆"的音。

回来后,朝阳一直把六洞门叫作六栋门。半年前的某个深夜,夜宿山城晴隆,他还曾翻出某个小旅馆的高墙,只为拿铅笔在"六洞门"牌坊的第二个字下写上歪歪斜斜的"栋"字。朝阳说,修饰"门"的量词应该用"栋","六洞门"的"洞",太狭隘了。

2

我还记得,在过去的某个短暂时刻,我知道达长前面那条小河就叫麻沙河,我告诉自己,我已经泪流满面,可是你们知道,我一滴眼泪都没有。

小河有名字了,准确说它被人们用汉字给它命名了,小河在这个乡镇的地图上不再叫小河。我知道,只有我们寨子用自己的话叫它小河,翻过几座大山,远处那些住在高山的苗族朋友和彝族朋友,他们是不知道我们把它喊作小河的,更不知道我们在布依话里把它念成

"达涅"的音。

朝阳非常不愿意把寨子前的小河叫作麻沙河。但在文字记录中，他还是妥协了。就像朝阳的大名可以叫另一个名字一样，当然这中间的亲切程度是值得商榷的，自己取名总归比被人胡乱命名好。一大早就在稿纸上对一条河遥望抒情，这对习惯早起的朝阳来说并不奇怪。而更早的时辰，朝阳一定是坐在屋顶上发呆过好一阵了。他的小邻居们，同样热爱早起的几个小朋友，在过去的半年，他们去上学的路上，每一次路过总要朝屋顶上的朝阳高喊一句"大朝阳"。每当这时，朝阳就会在心里用汉语自我叙述和解释一番，布依话中的"大"是"哥"的意思，"大朝阳"自然就是"朝阳哥"的意思。

早上，母亲骂完朝阳就挑着水桶往沙土井的方向去了。朝阳又如愿听到了桶环与扁担铁钩在力的带动下发出的悦耳的声音。朝阳没有沉浸在欣喜中，而是在想自己的鼻孔如果被扁担的铁钩钩住——啊，朝阳怪叫着捂住鼻子，又迅速放下颤抖的左手——他的面容顿时苍白起来。他的脸上，人们称作血的东西另寻通道逃遁，短暂拒绝在面部给他充当一个温暖可亲的提供养分的道具。一旦血液没有起到倾心呵护人类机体的作用，不容置疑，我们该说是它的失职。但我们总要相信，一切都会还原如初，只要屋顶上的人还老老实实地坐在屋顶上，而不是把他的身体成功摔坏在地面，或者把躯体往天空抛，抛离屋顶并且永远不让它落到地面上。一切总要回到地面上，一切具有保护性质以及附带支撑作用的东西，在我们聪明人看来，它们多少有些令人担忧。

就如昨日早上朝阳和少游的对话，很明显也与担忧的问题有关。

大朝阳，我把你家屋顶踩坏了怎么办？

坏了我们自己修。

你会修吗？

以前见我爸修过。

谁给你爸扶梯子？

我。

我不想给你扶梯子。

我不叫你儿子的。

你要不在学校混日子，你儿子该叫我叔了。

你妈告诉你的？

啊！

哦。

朝阳的面部除了迅速变得苍白还开始僵硬地蠕动，这些反应就像每次看到毛线，朝阳会觉得自己嘴里的牙齿正在难受异常地嚼着毛线，一根足够长的毛线。如果起初毛线还是平直伸展在他的嘴里，这不排除是一种无效的想象，毛线有可能是拱身躺到他舌面上。但无论怎样，等他面部有了可怕的苍白以及开始僵硬地蠕动时，那根毛线已被他强迫性地咀嚼成线团再委屈地吐出来。

妈妈快到沙土井了,她挑着空桶向水井的方向走去。她穿过树影,从几户人家的菜园旁穿过,继续走在那条土路上,土路通往沙土井。同一条路,路还在,路边那户人家还在。他家在沟旁,那条沟杂草丛生,基本没有流水经过,但沟作为地面上的一条裂缝坚实地存在着,并且在下雨天气承接着疏通水流的作用。十几年前,路边那户人家,通往他家的栅栏门由一条十米左右的小土路牵引着,土路外围是石坎。进去是一栋高高在上的砖瓦房。当年的砖瓦房还在,砖块是达长村民用强有力的体魄烧制出来的,每一块砖头都和水牛有密切关系。好好看那些砖墙,朝阳看到水牛的影子,水牛们在墙上漫步,吃草,它们没有受自身重力的压迫而垂直摔到地面上来,牛头的侧脸与地面完美垂直,因蚊虫的缘故,牛尾巴不时迅速地扫过它们灰黑色的臀部,牛尾巴滑落的瞬间于空气中弄出稍纵即逝的圆弧,像水塘里泥鳅摆弄水圈。在另一个场域里,一个漂亮的黄昏前,一头水牛或者多头水牛,正被光着膀子的男人们用鞭子抽着,它们仿佛习惯了这种不痛不痒的催促方式,牛与人之间建立的规则使一切有序地默默进行着。水牛看起来不慌不忙,它们的尾巴偶尔高调甩起来,搅动空气发散出一种粘附性极强的土腥味。水牛的脚掌支撑着它们庞大的身躯,稳健地踏步。朝阳竖起耳朵辨别鞭子落在水牛身上的声音。无果。只有动作。男人抽鞭子的动作以及水牛庞大的阴影,那或许真是一个傍晚——它们越来越清晰了,影子有效地模仿多年前在达长常见的景象。一垛一垛砖头整齐码在田野上。后来,砖头是怎么运到朝阳家的,朝阳并不清楚。个体记忆之外的一些内容在他被寄放于外公家时,达长这边就悄悄地进行着属于他的某些程序了。父亲是如何把那些砖块搬回家的,朝阳一点印象都没有。那时候或许正有一匹马儿,父亲养马的历史上,他换过几匹马,是哪一匹马负责工作,朝阳不可能知晓。

此时,那家人的垂直的墙面上,水牛们被什么人给牵走或已被什么东西给抹净了。

妈妈的背影开始模糊了,甚至不见她的踪影。妈妈被隐藏在某个路段,树木挡住了她的身影,这使刚刚走过神的朝阳想再做一次忠实的陪伴的难度徒然见增,要想短时间内拥有刚刚挥霍过的看穿迂回路况的能力,情况并不理想。可以确知的是妈妈仍在走路,或许已经走到沙土井旁。

已经到沙土井旁。

没有到沙土井旁。

妈妈刚刚踏进沙土井边那块空地上,放下水桶。

妈妈刚刚踏进沙土井边正放下扁担两端的水桶。

第一只,第二只。两只水桶一起放在空地上。妈妈开始涮水桶,这时候声音开始弹起来了,水在桶壁奔跑,朝阳听到了井水的语言。妈妈开始一瓢水一瓢水地往水桶里倾倒,从水井边摘下两片阔叶子,洗净放在盛满水的水桶里。刚才妈妈走过的那条土路上冒出了一个女人,她没有看到妈妈,顺势把扁担从肩膀甩开并完成抽出的动作,扁担的铁钩像是一根长眼睛的手指,它伸向妈妈的鼻孔……

妈妈正蹲下去打算挑起水桶走回家,这下被粗心的女人用扁担的铁钩钩住鼻子,朝阳相继看到了两个影子变得紧张的动态。左边那个是妈妈,她在责怪粗心女人的大不敬,怎么说她都比对方年长,一个刚结婚的女人有什么事值得这般高兴?扁担离手轻放都不懂!还要甩!还要舞!对方不承认错误,反倒责怪母亲眼神不好使。

你以为你刚结婚就什么事都做得很高兴是吧?

谁这么以为?

我不看好路,我蹲起挑我的担子我惹到你了?

我走过来你总该听到有人过来吧,我的桶没晃出声音还是我走路的脚步声你没听到?

意思是我的错,我被你勾住鼻子还怪我了?

我没这样说。

你就是这么说。

按妈妈现今对朝阳的态度以及脾气会是这样吗?两个懂理的布依族人的交涉,应该是感慨多于责备。

阿天,你怎么这样对人噢?你让铁钩整到我鼻子了!

阿姐,我的命啊,我怎么就这么不小心,今天我怎么就这样啊,这样伤到我姐!

你看好一点那该多好,真的痛死姐姐了,扁担你就轻轻放嘛!

阿姐,我错了,你休息一下,我没带卫生棉就用卫生纸将就吧,赶紧止住血,哎,我的天!

今天我是撞到鬼了,你什么时候来我身边的我都不晓得!

阿姐，都是我的错，我应该先和你打招呼的……阿姐你等等，我这桶水也挑着去你家，我说什么都弥补不了啊，我的命！

妹妹别这么说，一下就好了，只是你以后别大意呀，你要是遇到别个他怪罪你怎么办？

阿天，阿姐——这边布依族人说话总是习惯用阿字开头，遇到事情还喜欢拖着长音把"命"字挂在嘴边。

这样的对话弹出来，妈妈的鼻孔已经流血无疑。当年母亲回家述说的时候没有说鼻子有无流血，朝阳也没有多问，只是捂着自己的鼻子默不吭声。他不认识那个刚结婚的女人，他对刚结婚的女人缺少一定的了解，不知道妈妈口中的那个女人长什么样子。那时候朝阳只能通过想象，想象母亲在水井边的遭遇。如果是他弄伤了他的伙伴会怎么样，伙伴会不会打他？如果是爸爸被另一个男人用铁钩钩到鼻子，他们会不会大打出手？很多疑问以及无声的想象过后，朝阳默默看着妈妈，妈妈正往大石缸走去，舀水涮锅，一家刚吃过饭，妈妈总是最后一个收拾残局。

妈妈走在回来的路上，桶内的水满满当当，与出门前的轻松自如不同，挑上担子的母亲显出了相应的沉重感，一种称作"负担"或说"方向"的东西令母亲只知道往前移步。

妈妈被铁钩钩住鼻子时想些什么呢？这种痛楚显然经过记忆过滤了，现在相关讯号传到朝阳这儿，只剩一些具有引申性质的影子向朝阳靠拢，甚至向另一个边向的妈妈走去，向那天路上正无意识扭头以及双手甩动均匀频率的妈妈走去，朝阳眼里的影子切换到那个方位的妈妈身上。

　　妈妈去赶集回来，赶安谷，这是一个好听的乡镇名。地名太美丽了，妈妈脸上也还没有皱纹，美丽的妈妈布袋里装着最后一件背带，她身后是安谷，她离安谷越来越远。妈妈舍不得卖那件背带，打算背回来送给她的堂妹。妈妈的手艺在这几个乡镇远近闻名，卖给别人的就像是自家人用一样，来不得马虎。堂妹的孩子刚满月，她等不及外甥女再长大些，这最后一件背带她舍不得卖了。

　　浓雾从河边升起，把夏日傍晚原初的光和色给搅乱了。妈妈感觉到身后始终跟着一个人影。她没有感觉错，确实一直有人跟着她，赶集回来的男人。他没有走得更快也没有走得更慢，妈妈在惧怕中越走越快。男人似乎很胆小，不想落单，浓雾下的男人看到前面的人加快脚步，他也跟着加快速度。这是一场执着的跟随，妈妈走快，那人走快，妈妈放慢脚步，那人也慢下来，问题是妈妈只有越来越快的份。妈妈一只手紧捏住布袋的一角，仿佛一捏住什么东西，她就多出一个胆来。又或者是，布袋里的东西实在太宝贵了，得捏紧它，背带还在，妈妈一直能捏住它。背带的一些花纹在布袋里打赌，妈妈走几段路才会把手放开。

　　阿爹，是你呀！
　　是我。
　　你怎么歇这里？
　　今天卖了一匹马，有点舍不得。
　　我们回家吧，爹。

……

这边村子都一样，不管是嫁出去还是嫁进来的姑娘，与父亲同辈的男子她们都要叫声爹，这样的问候非常亲切。朝阳看不清这位外公具体身高，他坐在浓雾下的崖边，谁上前推他一把他就升天了。那位邻村的男人面目也模糊不清，唯一给朝阳自以为清晰的印象是男人瘦高，脸庞清瘦——还是看不清他的五官，只有一张模糊的被厚厚一层水雾蒙住的男人的脸。回到家母亲用一种低缓的声调叙说她的遭遇。要不是那村的阿爹同路回家，他就要抢我了，我就自个寻思我也没有几个钱，他也用不着杀了我吧。怎么想怎么害怕，他们村抢人的那么多，我也不知道我为什么回来这么晚，哦，在场上遇到阿妈了，她向我哭诉了一个下午，她的女婿赌钱，不成器，把家里东西都卖了，现在苞谷都要和别家借，阿妈的三个儿子三十几了都没有结婚，她后悔嫁到安谷那家去……这种话会说完吗？我就一直陪她，天快黑了我才赶回小王寨。她一直哭，我安慰不了她，她一直拉着我的手叫我去她家歇气两天再回小王寨或者达长，我怎么有时间呢？孩子倒是不用我们操心，把他们放在镇上上学我放心……

妈妈和父亲说了第一遍后对放假回家的小朝阳小朝辉又复述了一遍。现在到处都有抢人的，遇到孩子就拐去卖，遇到女人和弱男子就抢钱。

妈妈，不管去哪里，早一点回来不就得了吗？小朝阳嘟囔着。

妈妈正从沙土井那条路走回来，桶内的水装得满满的，两只桶里各浮荡着一片青绿的阔叶子。和那条土路分叉开的，是另一条土路，那条土路延伸出去又与无数条土路交叉。当年，父亲赶马驮石，每天来回无数趟，都经过那条岔路，走进妈妈挑水经过的这条小路。马背上，是用木条特制的一种框架，两边各一个框，一边装上几块大小合适的石块，太大的石块装不下，马也驮不了。父亲赶马回家，马上石梯前，父亲总要"叽"一声，示意他忠实的伙伴专心上台阶，父亲紧跟着托住一边的石框，减轻一点重量。父亲的手套有些旧了，蒙上了一层灰白色的石屑。

此刻，马匹当然还从这条路走，马背上依旧架着特制的木条框，不过很遗憾，无论朝阳怎么努力，就是没有声音，包括父亲走平路时赶马习惯发出的短促的"叽"声。父亲心无旁骛地赶马。作为父亲亲密的伙伴，黑马用它健壮有力的肌肉向父亲证明他的眼力非凡。从这条路伸过去，更远的地方，早年的滑坡地段，父亲掘土打石，他身上的绿色军装，远处看去，那是一个退伍军人特有的刚强有力的背影。打出的一堆大青石，当然要由他的黑马驮运回家，父亲或者他的儿子朝阳，都认为以后他们家会有一座漂亮的平房，就在不久的将来，所以他们并不急于知道这一天何时到来。

朝阳很久没有和父亲通话了，没必要，也不想。现在是父亲不想见儿子，儿子不想和父亲说话。

朝阳将垫屁股的书本扔到院子里，每往下梭去几十厘米，便仔细将先前翻开的瓦片重新复原。这门技艺起先他做得并不漂亮,并且时常遭到母亲大人的训斥。朝阳说我在我睡的格挡位置上掀瓦又没在堂屋和客屋上掀。如果是小时候那个调皮的朝阳,他肯定还要回这么一句,灰灰落下来晚上睡觉是我难受又不是你难受。瓦片因雨水的冲刷以及朝阳每天早晨的殷勤翻动,光滑得没有一点灰尘。"隐居"的这些日子,拨弄瓦片时朝阳便会想起父亲十几年前在房顶上的身影。朝阳摸着光滑的瓦片,手指的接触点触碰到的却是灰尘的黏附感……仿佛这只手不是朝阳自己的,是父亲的手。

父亲修整房顶时习惯叫上朝阳帮忙扶梯子。当然了,这一切不全因为朝阳的认真,更多的是父亲觉得,让自己的小儿子给扶梯子,他的心情会更加美丽。朝阳呢,他并不是每一次都能做到专心致志,相反,他认为只要自己双手不离开梯子,房顶上的父亲就是安全的,即便他分神稍微松手,也还有錾子给他帮忙。父亲为了保险起见,在杉木梯子的脚后跟钉上了两根錾子,錾子沉稳地向泥土中探去。朝阳有时也怀疑,杉木做的梯子会不会趁没人扶着随意晃动,两只竖状的木头脚,像黑马似的随意蹬马槽下的垫脚石。他给父亲扶梯子,喜欢那种安静的状态,父亲自顾修整房顶,小朝阳沉浸在一些影像中神游。他没有告诉父母亲,他肚脐眼下有一道长条的竖状伤口,那是前几天从窗子滑下被一根伸出手来的五寸钉给招呼到的,准确说,是五寸钉的圆形帽檐晃动脑袋的那一刻碰到了朝阳的下腹部。他们谁招惹得谁,这说不清楚,如果当时朝阳的父亲给那根五寸钉再用力敲几下,可能就没事了,幸好没伤到要害处。朝阳对疼痛的理解,可能没有多少见解，认为血流不多，伤口没有再加深几毫米，这就最幸运不过的了。小朝阳闭眼，试图凭记忆丈量屋内少量家具摆放的位置，砖墙被他锐利的意识之眼撕开，他看到那口大石缸，这是他最喜欢的石器，母亲总是叮嘱他不要喝生水，要喝开水，他偷偷每天坚持用水瓢在石缸里搅动，玩闹一阵再舀出半瓢水猛喝。事实上他的小肚子容量不会大到哪儿去，他不过是贪玩，调皮，自己给自己鼓劲，假装自己是个小大人，他为这样偷偷摸摸的行径感到欣喜。略有遗憾的是，家里不种葫芦，他羡慕种葫芦的人家，甚至羡慕村里有一个男孩叫"葫芦"。母亲应该给他找来一个老葫芦，朝阳心想，葫芦瓢配上大石缸，加上红砖瓦房，这才美丽，但除非哪天家里起了平房。他认为这是迟早的事，就算他念书的年月父亲不起新房，他毕业以后工作了这一切都会到来。朝阳用微笑自我确认。

　　朝阳摸了一下自己的脸颊，他拔掉的第一颗牙齿就是扔在大石缸背后的缝隙里。族人认为，换掉的牙齿要么扔在石缸后面，要么扔向太阳升起的方向。关于这些话的寓意，朝阳从来没有问过大人们。石缸左侧方位，有几根粗壮的柱子，朝阳看到屋后的大伯在逗他玩，问他成绩，问他长大后干吗，提到考试要考到一百分才厉害。小朝阳说，我考到一百分就罚你跪。大伯愣了一下，说好啊，我们就这样说好，你下次考试赶紧考一百分去。小朝阳当然不知道自己一句调皮的话语让他的父母亲有多尴尬。后来的日子，他习惯骗人，骗自己。他闲不住，总是想找点事情干，于是学会了撒谎。今天说自己遇到鬼了，鬼轻轻吹一口气，榕树就萎缩下去了，变成小草的模样，甚至没有一棵小草高。明天说自己遇到了疯子，疯子长发拖到脚后跟，嘴巴叽里呱啦乱吼，手舞足蹈，喜欢在空旷之地转圈，时不时对着日光翻白眼。父亲从来不打断他儿子编造的各种奇遇，听完儿子的话后，他给儿子讲自己当兵的经历。

前年暑假，父亲在绍兴打工的租屋给朝阳讲的却是另一些之前从没有提起过的故事。一些故事仍然与瓦房有关，但那时的瓦房是属于朝阳的父辈们的，父亲以及叔叔和姑姑们的瓦房，爷爷和太公太奶的瓦房。那时还没有分家。十八岁的父亲，决定去当兵是因为不想让人欺负。那时候总有人偷偷朝他家房顶扔石头，原因是他的父亲是个教师，课上严厉，课下温柔，课上被罚过的孩子长大了来报复。他去当兵后，再没人敢动他家一块瓦。

有点荒诞。朝阳说。父亲笑了笑。那时候就是这些个意识。你还记不记得，你哥小时候被那个老师从二楼把他书包扔下去了，那些个老师因为你们和同学打架不让你们考试……父亲不经意间提起一件事一件事。朝阳不说话。

你快毕业了，找个好工作。父亲说。

还记得我小时候，你给我抓来一只小鸟吗？朝阳岔开话题。

我记得当时你身上全都淋湿了，你刚从果园回来，带来那只颤抖的小鸟，估计被冻坏了。你赶紧把它放在灶洞里取暖，它的翅膀干了后我取出来玩，玩腻了我把他的羽毛一根一根地拔下,最后被我弄死了。小时候我太不懂事了,和朝辉比起来,他比我懂事多了。他最多是不用心读书,我其实也不爱学,只是注意力有一阵没一阵,学得马马虎虎,勉勉强强。他要是不去打工,是不是我也读不下去了?

3

大朝阳,你起这么早呀!少游在路口大喊。朝阳没有理他。忙着看手上的稿子。

稿子的第一段是这样写的:

我披上一件我们民族自己的服饰,是妈妈的衣服,我来不及扣上扣子,妈妈在屋内就开始大喝,你穿我衣服干吗去?妈妈很少发脾气,只是对我这半年的"隐居生活"越看越寒心。我的想法很简单,我就是想要看看在3月8号的今天换身衣服穿究竟能不能带来好运。

大朝阳!少游爬上梯子,快要爬上房顶前他犹豫了一下,轻声喊朝阳。朝阳朝少游看了一眼。上来吧。朝阳说。

大朝阳,我把你家屋顶踩坏了怎么办?

坏了我们自己修。

你会修吗?

以前见我爸修过。

谁给你爸扶梯子?

我。

我不想给你扶梯子。

我不叫你儿子的。

你要不在学校混日子你儿子该叫我叔了。

你妈告诉你的？

啊！

哦。

朝阳继续翻他的稿子。你说2月4号可不可以在3月8号的后面？朝阳问少游。啥？少游感到莫名其妙。

我是说日期，2月在3月后面。

你想怎么写就怎么写呗，怎么好玩怎么写！

好玩？

是呀，不好玩写它干吗？！

你知道吗？我一直想走路去晴隆，去看看六洞门，我喜欢把六洞门叫作六栋门。我想在小说里安排主人公替我去一趟六栋门。

主人公叫啥名字？

和我一样，叫朝阳。

好玩。

好玩？

不好玩你还写？

……

昨晚，朝阳做了一个梦，梦里说，他要在2月4号这天等一个人。

其实醒来之前他就发现事情不对，2月4号怎么会在3月8号的后面呢？今天可是3月8号。除非他弄错了，3月8号就是2月4号，否则他不可能同一天穿同一件衣服做两个日期的事。

朝阳没找工作的这些日子，一直琢磨写一个小说，写完第一个，就会有下一个。朝阳固执地坚持着。总得有人为着什么一直坚持。朝阳自言自语。

少游突然对朝阳仍单身来了兴趣。问他为什么这么大了还没结婚，村里和他这般大的没几个没有孩子的。有孩子很好玩吗？朝阳反问。你有没有发现，有孩子或者没有孩子的青年男女，他们都走光了，现在剩下你们这些孩子，还有我这样死读书的人没结婚。到处是老人和孩子，有意思吗？我不想走太远，明天去一趟六栋门。

去约会吗？少游问。

是呀，曾经我和一个女孩约定，在六栋门见面，她先去打工，如果我中考考不上也去打工。

后来呢？

后来我中考没考上。

你也没去打工啊。

是的。

后来呢？

她结婚了，有了孩子。

好悲伤啊。

朝阳笑。

大朝阳，问你一个问题，你不准打我呀。

少游对朝阳做了一个隐晦的动作，说，做爱舒服吗？

不知道，亲嘴就像吃白糖，做爱就像吃蜂蜜吧。

大朝阳，饵块粑你喜欢吃甜的还是油的？

甜的。

大朝阳，你做爱过吗？

朝阳一阵激灵。他没有骂少游。你听过留守孩童吗？朝阳问少游。

我就是呀，别人爱咋说咋说。我每天都玩得很开心。

朝阳想起那个女孩来，当时他们是那所小学第一拨男女同桌之一。那时他们上六年级，比少游大不了多少，但没他大胆，什么都敢问，什么都敢说。她比他大几岁，他喜欢她，某天看到她袖子紧贴左手臂，露出一粒黄豆大的皮肤，他偷偷多看了几眼，为此总是心惊胆战。后来在一次打扫卫生中，他从讲台上的桌洞翻到一本杂志，快速翻阅其中一个篇章，第一次接触到"笔友"一词。他写信给她，说可不可以做"笔友"。他们不知道做"笔友"需要做哪些准备。他们开始了绵长的书信往来，即便他们是同桌。每周一封信，坚持到上初中。后来，他们长大了一些，几次羞涩的约会后，每个星期五下午和星期天早上，都相约同行，回家，回学校。他会逗女孩，什么时候你能给我洗一件衣服就好了。很简单哪，你嫁到我家来。女孩哈哈大笑。我怕你哥揍我，男孩说，还是你嫁到我家来吧，我哥从来不打我，他给我找一个大嫂还能陪你玩。

大朝阳,大朝阳……

少游把声音拖得有些长,尖声怪气地问,想哪家姑娘?

朝阳哈哈大笑,从房顶上纵身跃向院后,少游在房顶上嚷嚷道等等他。

其实写小说没意思,朝阳说,我试着分身,以另一个人的眼光写我自己,可我总觉得这样没有意义。村里就剩一个写小说的在家混日子,这样不好看,不好看。

只有我妈和你知道我在写小说,你知道不?我妈是恨铁不成钢,你是觉得村里多一个人陪你玩总是好的。现在,我们在河边,你觉得是你陪我还是我陪你?朝阳盯着少游的脸庞,一脸认真。

管它呢,生活还是要继续是吧?饭照样要吃。

谁教你的这些话?朝阳问。

我妈说的。少游回答。

明天要停水,今晚回去叫你爷爷多蓄些水。朝阳说。说完捡起一块石子打水漂。

乱说,自来水说停就停啊?又不是你家的!少游一脸不屑地对着朝阳说。

少游,你看,河流是一直向前的。朝阳说。

少游笑个不停,眼泪都笑出来了。河水不向前难道还退回它老家去啊?

朝阳微笑,在山村,有个没大没小的孩子陪伴,总是好的。

他眼里又出现了那个女孩的身影。女孩说,明天我就去打工了,你可不可以去送我?从六洞门出发。他没有回答,很久,说,我想吻吻你。女孩没有回话,扭过头去,头发遮住脸庞,没有理他,头也不回地走了。后来他收到一封挂号信,信中尽显哀婉,说,如果有缘,他们再遇,缘分未到,会有个人先走,会有个人留后。他知道她指的是结婚这件事。信纸背面留有秦观那两行著名的词句。

少游不知何时走到对岸去了,对岸属兴仁县,这头是晴隆县。对岸的少游大喊,大朝阳,我喜欢我同桌,我送什么给她好?

朝阳向那边的河水扔了一块石头,说小小年纪不学好。少游说这有啥,我妈小学时候还有人送她金光珠珠呢,被我撬来玩,赌输了。

你说送她珠珠的人是不是傻呀?送什么不好,送珠珠……哈哈哈哈……

明天会停水,朝阳说,到时候村子里的老人们都出来挑水,你将可以听到桶环与扁担铁钩在力的带动下发出的悦耳的声音。

少游,如果现在突然来一场大雨,你陪不陪我淋雨?

奉陪到底,朝阳哥!少游没有说"大朝阳"。

要不了多久,我将是别人的父亲。

你妈催你结婚了,大朝阳?

朝阳没有说话。

朝阳有一个错觉,看到自己从远处挑来担子,将水桶里的水倒进河里。他一直盯着河面，对着井水与河水碰触的那个接触点，发呆一阵，再望望远方。

4

我还记得，在过去的某个短暂时刻，我知道达长前面那条小河就叫麻沙河，我告诉自己，我已经泪流满面，可是你们知道，我一滴眼泪都没有。

小河有名字了，准确说它被人们用汉字给它命名了，小河在这个乡镇的地图上不再叫小河。我知道，只有我们寨子用自己的话叫它小河，翻过几座大山，远处那些住在高山的苗族朋友和彝族朋友，他们是不知道我们把它喊作小河的，更不知道我们在布依话里把它念成"达涅"的音。

朝阳把稿子搓揉成一团，扔到门外。迟疑几秒，把那些纸团捡回来，仔细展开，铺平。找来打火机。

妈妈来回几趟，石缸即将被注满水。朝阳主动接过妈妈的担子，替她把水倒进石缸。妈妈愣了几秒，没有说什么。妈妈，歇一下我们吃饭吧。朝阳说。

妈妈眼里有一层薄光闪过，打开电饭锅，饭煮好了，掀开方桌上的布块和塑料罩子，有青椒土豆丝，有西红柿鸡蛋汤，有爆炒猪肝。妈妈，我不会做饭，做得不好吃。我把你后天用来待客的猪肝拿来炒了，我还想做排骨，不会做。后天多杀两只鸡。

　　吃饭的时候朝阳不停地说话，妈妈，过几天我出去找工作。几个月后回家来准备考试。妈妈没有说话，静悄悄地吃米饭，忘了夹菜。

　　朝阳翻看明天的日历。

　　3月10日，宜出行，会亲友，放水，安葬……大利东西南北方。